사랑이 머무는 자리

사랑이
머무는 자리

이우환 수필집

세종출판사

••• 책을 내면서

　이 책은 나의 향촌마을의 옛이름인 자산골(하신)에서 태어나 자라 그동안, 수십 여 년을 경향 각지에 흩어져 살던 고향친구들끼리 저간의 안부와 근황을 주고받으며 나눈 온갖 새설(辭說)들, 유·소년기인 초등학교 및 중학교 시절의 아련한 기억들을 반추하며 긁적거렸던 추억담에서 비롯되었습니다.

　그리고 청·장년기를 지내며 2천 년 대가 막 시작된 즈음, 정년퇴직을 전후한 시기에 여행과 등산, 취미생활 등, 생활주변에서 일어나는 사소한 이야기들을 각종 모임이나 단체활동 공간에 남기게 되었는데, 주변 벗들로부터 그동안의 글들을 모아 한권의 책으로 펴내보라는 이야기가 심심찮게 들려왔습니다.

　그럴 때마다 필자는 '나 따위의 범부(凡夫)가 책은 무슨 책?' 하며 한귀로 듣고, 한 귀로 흘리곤 했는데 세월이 가도 그런 제안은 끊이지 않았고, 그 중에서도 특히 종친이자

죽마고우(竹馬故友)인 이윤환 교수의 끈질긴 권유에 망설인 끝에 '비록 졸필일지언정 내 삶의 아주 작은 흔적은 될 수도 있겠다' 생각하고 결국 문집을 엮기로 결심하게 되었습니다.

그리하여 두서도, 형식도 없이 그저 마음 내키는 대로, 붓 가는대로 이곳, 저곳에 써 놓은 글들을 하나하나 점검하며 빼고, 덧붙이고 또 추려서 정리를 하면서도 이런 졸필들을 한권의 책으로 묶는다는 게 참 부끄럽다 생각되었습니다.

하지만 기왕 하기로 마음 먹은 이상 내가 쓴 글에 미리 호불호(好不好)나 점수를 매기는 따위를 다 내려놓고, 판단은 글을 읽는 사람의 몫이기에 나는 다만 겸손한 자세로 내 할 일만 성심껏 하자 스스로 다짐하면서 문집일을 계속했습니다.

책갈피마다 드러나게 될 나의 좁은 소견과 얕은 지식, 더불어 셀 수 없을 정도로 많은 오류도 있겠지만, 지금껏 살아오면서 글을 쓰는 체계적인 공부와 전문지식을 기반으로 쓴 것이 아니기에 독자님들께서 너그러이 양해하여 주시리라 믿습니다.

거듭 말씀드리지만, 참으로 부끄럽고 보잘 것 없는 글일지라도 그저 어느 칠순 나그네의 잡설(雜說)이다 생각하고 편하게 읽어주시면 고맙겠습니다.

6.25 전쟁이 막 끝난 암울한 시대에 태어나 동 시대를 사는 이 땅의 남녀노소 누구나 할 것 없이 먹고, 돌아서면 금세 배고프던 가난이 보편적이던 시절, 그 중에 사방을 아무리 둘러보아도 그저 하늘과 산, 실개천, 그리고 귀때기만한 논밭 말고는 아무 것도 볼 수 없는 첩첩의 두메산골에서 태어난 산골 소년이 지천명(知天命)과 이순(耳順)을 보내고, 어느새 고희(古稀)에 이르러고 보니 참으로 세월이 빠른 것인지 세월을 대하는 내가 무심한 것인지 모르겠습니다.

그래서 이 책의 글 대부분은 고향과 산천, 그리고 자연이 소재로 다루어져 있으므로 독자님들은 책 페이지를 넘기는 동안 반백년 전 산골의 일상을 자연적으로 접하게 될 것입니다.

들녘 길섶에 아무렇게나 돋아난 잡초에서 배어나오는 풀내음, 소똥 거름 냄새, 그리고 해거름녘 여름철 밭일 끝내고 들어오시는 어머니의 베적삼에 배인 진한 땀 내음 등이 풍길 것이며, 아랫채 마굿간에서 새끼 잔등을 혓바닥으로 쓱쓱 핥아주는 어미소랑, 노랑저고리를 단체주문 해 입고는 어미닭 발치를 종종거리며 쉴 새 없이 삐약거리는 새끼 병아리 떼도 지그시 감은 눈앞에 선하게 펼치리라 믿습니다.

　비록 짧은 시간이나마 책을 읽고 있는 동안만이라도 티 없이 맑고, 순수했던 동심으로 돌아가 편안한 시간이 되시길 빌면서, 끝으로 이 책이 나오기까지 처음부터 끝까지 교정과 편집 일체를 기꺼이 도맡아 주신 합천 삼가출생의 시인이자, 아동문학가인 동갑내기 벗 강길환 님과, 출간에 즈음하여 진심어린 붙임글을 보내준 나의 중학교 옛 벗인 김희규 님께 깊이 감사하며, 아울러 세종출판사 이동균 상무님과 이 책을 읽는 모든 분들의 건승(健勝)과 지복(至福)을 발원합니다.

2023년 가을

이우환(李禹煥) 씀

차례

제1부 수필

제2부 산행기(山行記)

제 1 부

수 필

딸의 결혼전야에 쓰는 신신당부서(申申當付書)

내 사랑하는 딸 ○○아!

밤이 새고 날이 밝으면 이제는 영영 우리의 품을 떠나간 다는 생각을 하니 허전한 마음 가눌 길이 없구나.

서른 두해 전, 네가 우리들 품으로 세상 그 어느 무엇보 다도 귀하고, 소중하기만 한 딸이 되어 왔을 때가 엊그제 같은데, 유수 같은 세월은 너를 더 이상 우리 곁에 놔두지 를 않으니 어찌하면 좋으냐?

삼라만상(森羅萬象) 살아있는 모든 존재들은 서로 만나고, 헤어짐을 반복하니 회자정리(會者定離)요, 생멸이 거듭되는 것이 자연의 순리이고 법칙인지라, 너와 나 아비와 딸이라 는 천륜으로 인연 지어졌다 한들, 이 또한 그 범주를 벗어 날 수 없겠지만, 아무리 그것이 순리이고 질서법칙일지언

정 너를 보내고 아마도 한참동안은 외로움과 울적함이라
는 녀석들에게 괴롭힘을 당할 것이 틀림없을 것이다.

네가 처음 우리들의 딸이 되어 만난 이후 삼십여 성상(星
霜)을 살아오는 동안 함께 웃고, 울며 또 나무라고 원망도
하면서 아웅다웅했던 지난 세월이 주마등(走馬燈)처럼 스쳐
지나가는구나.

때로는 부모이기에 잔소리 같은 나무람도 있었고, 딸이
기 때문에 욕심도 내고 고집을 꺾기도 하였으며, 그렇게
살아오는 동안에 알콩달콩 따뜻하고 도톰한 가족의 정을
북돋우고, 살찌워 온 꿈 같은 세월도 이제는 돌이킬 수 없
이 흐르는 물처럼 점점 멀어져만 가겠구나.

사랑하는 내 딸 ○○아!

이제는 너도 어엿한 한 가정의 안주인으로 자리매김을
하게 되었으니 그에 걸맞은 올바른 언행과, 처신으로 자신
을 아름다운 인생으로 잘 가꾸어야 한다. 지금까지는 하나
의 실수가 있었다한들 그것이 너 하나로 끝낼 수도 있었고,
또 주위로부터 관대한 대접을 받았지만 앞으로는 너의 작
은 실수나 결례로 인해 너 뿐만 아니라, 늘 한 몸처럼 같이
사는 남편은 물론이고, 시댁어른들과 친정부모인 우리들

에게까지 전부 누가 됨을 잊지 말고, 항상 언행을 조심하고 바른 몸가짐으로 처신하여야 함을 깊이 명심 하거라.

그리고 훗날 네가 아이들의 어미가 되거든 자칫 아이들에게만 치우친 잘못된 사랑으로 지아비의 아내로서, 또한 시어른들의 며느리로서의 도리를 다하지 않는 못난 여인네가 되어서는 절대로 안 된다.

세상에 내속에서 열 달을 품어 꺼낸 자식이 귀엽지 않고, 소중하지 않은 에미가 세상 어디에 있겠는가마는 자식사랑을 하지 말라는 게 아니라 더불어 웃어른들 공경에 결코 소홀함이 없이 어질고, 착한 며느리로 살기를 바라는 그런 뜻이다.

자고로 한 가정의 안정과 평화는 무릇 타성(他姓)으로 들어간 아낙의 행동에 달려 있기 마련이다.

지금 시절이야 굳이 옛사람들의 전통예절과 규범을 고스란히 다 따라야 할 필요는 없지만, 온고지신(溫故知新), 좋은 예범은 본받아 행하는 것이야말로 내 삶을 살찌울 보다 우아하고, 아름다운 삶의 모습으로 주위에 비춰질 것이다. 아이들의 교육도 마찬가지이다.

내 자식이 귀엽다 해서 버릇없는 아이들로 키우지 말거라. '세 살 버릇 여든까지 간다'는 속담처럼 아이들 교육은

철들기 전 어려서부터 잘 가르쳐야 그 아이들이 바르게 잘 자라서 부모속 안 썩힐 것이니, 그것이야말로 가장 잘 지은 농사가 아니겠느냐?

이 애비, 에미처럼 말이다.

여럿 있는데서 버릇없는 행동을 하면, 왜 잘못했는지 따끔하게 혼을 내고 스스로 뉘우치게 하되 매 드는 것을 주저하지 말아야 한다.

옛말에도 '매 끝에 효자 난다' 했다.

이 부분은 평소에 네가 가끔 내비치곤 했던 말이라 크게 걱정 하지 않으마.

사랑하는 딸아!

그리고 사는 동안 남을 업신여기거나 잘났다고 교만하지 말고, 항상 맑고 밝은 얼굴로 겸손하게 살아야 한다.

서른이 넘은 너한테 어린 아이들한테나 해당 될 이런 이야기를 하는 것은 네가 결코 부족하거나 인성이 잘못돼서가 아니다.

사람은 들어서 쉬운 것 같은 말로는 누구나 다 할 수 있는 것이라도 그것을 실천하는 것은 참으로 어렵기 때문에 하찮은 잔소리 같은 말일지언정 이 또한 가슴 깊이 새겨두

길 바란다.

또 손위, 손아래 구분하지 말고 시누이네 가족은 물론이고, 오라버니, 올케네 가정사에도 관심을 갖고 서로 자주 만나고, 대소사에 대해서는 내일처럼 의논하고 도우면서 우애롭게 잘 지내야 한다.

언젠가는 너희들을 두고 먼저 가야할 우리들이기에 우리가 가고 없는 한참의 세월을 누가 남아 있어서 너를 염려하고 아껴주겠느냐?

오로지 네 남편이랑 피붙이인 오라버니 가족들 말고 말이다.

그러니 다소 섭섭하거나 서운한 일이 있더라도, 늘 상대의 입장을 헤아려서 항상 내가 한발 양보하고 한 뼘 손해를 본다는 생각으로, 아니 가족 간에는 희생과 봉사, 정성과 사랑만 있을 뿐, 손해라는 단어가 존재하지 않으니 그런 마음자세로 평생을 살아가거라.

끝으로 네 남편은 네 몸 보다 더 소중하게 보살피고 챙겨야 한다. 이 세상 다하는 그날까지 마지막으로 네 곁을 지켜줄 사람은 오로지 네 남편 한사람뿐이라는 걸 깊이 명심하거라.

지금의 네 남편은 길지 않은 시간이지만 우리가 그동안 겪어본 바, 너에게는 천하없는 선한 인연으로 성품이 어질고 착한 사람이다.

부부로 한평생 살다보면 서로 다툴 일이 왜 없겠느냐마는, 의견이 잘 안 맞는 일이 있거든 가능하면 남편의 의견을 존중하고, 정 아니다 싶으면 시댁 어른들께 말씀드려 처리토록 하되 네 주장을 너무 강하거나 앞세우지 않도록 해라.

비록 지금 당장은 도저히 납득이 되지 않는다 하더라도 어느 정도 세월이 지나고 나면, 상대의 의견도 충분히 옳게 해석되어질 날이 분명히 있게 마련이다. 삼라만물(森羅萬物)이 온통 너희 둘의 혼인을 축복해주는 이 좋은 날에 애비가 잔소리만 한아름 안기는 것 같구나.

하지만 사랑하는 내 딸아!

이것이 애지중지해온 서른 넘은 딸을 시집보내며, 내 딸이 시집을 가서 올바른 몸가짐과 정숙한 태도로 시댁 어른들로부터 사랑과 귀여움을 받으면서 행복하게 잘 살기를 바라는 애비가 간곡한 심정으로 들려주는 말이니 달게 받아들이려무나.

이제 이 밤도 많이 저물어 축복과 영광, 허전함과 무상함들이 혼재된 그런 상념의 새날이 가까워진 시간이다.

　내일 하루는 온종일 우리들의 날이면서 또한 하객들에게 시간을 다 빼앗겨버리는 날이기도 할 것이다.

　모든 예식이 다 끝나고 바다 건너 먼 나라로 떠나는 신혼여행!

　일상의 숱한 일들이랑 머릿속에서 하얗게 지우고, 참으로 아름답고 보람차며 지고지순(至高至純)의 행복한 여정으로 가꾸고, 가꾸어서 환한 얼굴로 돌아오려무나.

　사랑해! 나의 소중한 딸 ○○아!

　　　　　　　　　　　　결혼 전야(前夜)에 아버지가!

사랑이 머무는 자리

  여차저차 하여 시집 간 딸이 친정인 우리 집에 왔다.

  백일이 갓 지난 외손녀를 데리고 왔는데, 아기한테 딸린 짐이 너무나 어마어마하여 어안이 벙벙하다.

  아기의 식생활에 관련하여 분유통, 젖병, 공갈젖꼭지, 젖병 살균기, 턱받이 수건, 분유를 타기 쉽게 일정온도를 유지하는 보온물 용기를 비롯해서 입고 자는데 필요한 손바닥만 한 아기 속옷가지들, 이불, 요자리, 베개 따위 그리고 일상 생활용품인 기저귀, 손수건, 각종 음악이 흘러나오는 그림책, 딸랑이, 기저귀 갈이 접이식 스탠드 용품 그 외에도 나로서는 이름도 알 수 없는 수많은 잡동사니 용품등 세상에 누워 지내는 아기한테 딸린 물품들이 이렇게도 많을 줄 정말 몰랐다.

게다가 그것들을 수납할 옷장이나 관련된 가구, 소형 침대, 매트와 울타리 등으로 평소에는 둘이 살기에는 넓고 헐렁하여 적막강산이나 다름없던 우리 두 사람 사는 집이 6.25 난리 통에 갑자기 들이닥친 친척들로 인해 우리 부모님의 시골집이 피난민 수용소처럼 된 듯한 광경이다.

매일 목욕도 시켜야 하고 수시로 때 맞춰 분유도 타 먹여야 하는데, 제 어미 품안에서 젖병꼭지를 빨 때 움직이는 양복 단추 구멍만한 앙증맞은 입술을 보고 있노라면, 저리도 어린 것의 생존 본능적 행위가 그저 경이롭기만 하다.

저렇게 작은 몸뚱이가 그래도 사람이 갖추어야 하는 신체의 어느 것 하나 빠짐없이 완벽하게 다 갖고 있는데 다만 그것이 너무나도 작고 앙증맞아서 그저 가만히 보고만 있어도 입가에 미소가 절로 번진다.

참새 혓바닥 보다는 쬐끔 더 큰 손톱, 발톱, 손바닥을 펴 내려다 보면 보일 듯 말듯 한 가는 손금, 쉴 새 없이 꼼지락, 꼼지락거리는 내 엄지 손가락만한 작은 발, 줄에 매달려 소리 내며 흔들거리는 물체를 반듯하게 누워서 물체의 방향을 따라 움직이는 눈동자 등, 정작 내 새끼들 키울 때는 아무 것도 볼 수 없었던 것을 어린 것이 이 외할애비에게 참말로 가슴 벅찬 감동과 기쁨을 가슴 가득 한아름 안겨주러 왔는가 싶다.

가끔 꼭 쥔 주먹 속에 내 손가락을 억지로 집어 넣을라 치면 제딴에는 살아보겠다고 그러는 건지, 내 손가락에 느껴지는 그 작디작은 손에서 전해져오는 원초적인 악력(握力)에 다시 한번 생명에 대한 경외심이 인다.

어린 외손녀의 상태나 형편에 따라 이 늙은 할애비는 졸지에 어떤 때는 방에서 거실로 쫓겨난 노숙자가 되기도 하였다가, 어떤 때는 가슴에 꼭 부둥켜안고 토닥토닥 등을 두드리며 자장가를 불러주며 잠을 재우는 침모가 자주 되기도 한다.

그 어린 것이 내가 불러주는 자장가 중 '~아기는 잠을 곤히 자고 있지만 갈매기 울음소리 맘이 설레어 다 못찬 굴 바구니 머리에 이고 엄마는 모랫길을 달려옵니다.'라는 이흥렬의 〈섬집아기〉나 ' ~엄마품이 그리워 눈물 나오면 마루 끝에 나와 앉아 별만 셉니다.'라는 박태준 곡의 〈가을밤〉을 각 2절까지 8분의 6박자 템포로 아주 느리게 불러줄 때 까지는 내 얼굴을 빤히 쳐다만 보다가, 다 그렇지는 않지만 세 번째 곡으로 '~구름나라 지나면 어디로 가나 멀리서 반짝반짝 비치이는 건 샛별이 등대란다 길을 찾아라.'로 끝나는 윤극영님의 〈반달〉 마지막 음절까지 부를 즈음이면, 신기하게도 그때까지 쪽쪽 빨아대던 왼쪽 엄지손가락을 입에서 툭 떼고는 사르르 눈을 감는 것이다.

그리고는 어느 날, 유아용품이랑 즈그들 살림살이 도구들을 몽땅 챙겨서는 그들의 새로운 보금자리로 횡하게 가버렸다.

우리 둘 늙은 내외의 횡뎅그레 허탈한 마음만 놔두고 패내키 떠나버렸다.

함께 지낼 때는 미처 몰랐던 일들이 막상 가고나니 온갖게 다 생각킨다.

주로 그때 왜 좀 더 살갑게 대해주고 살뜰히 챙겨주지 못했을까 하는 후회가 대부분이다.

그러나 마침 멀리 가지 않고, 우리 두 내외가 운영하는 삶터 가까이로 갔기 때문에 자주 찾아가 볼 수가 있어서 여간 다행이 아니다.

이제는 아직은 많이 어설픈 걸음걸이이지만 두 손을 들어올려 중심을 잡으며 뒤뚱뒤뚱, 아장아장 걸으며 반갑다고 외할애비 품에 안겨들 때면 나는 그저 온통 황홀감에 휩싸이고 만다.

그리고 서울에는 다섯 살 된 천금 같은 내 친손자도 있는데 외손녀보다는 세 살 위의 오라버니다.

이 손자는 태어나면서부터 우리랑 천리 먼 길 서로 떨어져 살다보니 첫손자인데도 자라는 모습을 가까이서는 보지를 못하고, 가끔 영상이나 사진으로만 대하다보니 직접 안아서 얼레도 보고 같이 놀아도 보고 싶은 마음이 하늘에 닿을 만큼 간절했지만, 그리 할 수 없어서 여간 허전하지가 않았었다.

그런 우리한테 손자는 제 고종사촌 여동생을 우리에게 보내 허전하기만 했던 심사를 이리도 위로하며 달래주고 있으니 참으로 기특하기 그지없는 내 손자다.

그런데 손자가 외동이다 보니 혈육이라고는 제 이종 누나하고, 외손녀가 유일한지라 누나로부터는 사랑을 받는 입장이고 손녀는 저 보다 어려서 그런지, 아니면 동생이 무조건 좋아서 그런지 몰라도 가끔 영상통화를 할라치면 이제는 할애비, 할미는 뒷전이고 동생만 찾는다.

아직 말도 할 줄 모르는 돌이 갓 지난 아기이다 보니 외사촌 오라비랑 의사소통도 안 되는데 손자는 그저 막무가내 사랑뿐이다.

가족끼리 한자리에 모이기라도 하는 날이면 옆에서 껴안고, 쓰다듬고, 뽀뽀도 해대면서 좋아서 어쩔 줄을 모른다.

저 어린 것들이 둘 사이가 서로 내외종(內外從)간이라는 것을 알기나 할까?

'나'를 기준으로 외갓집 형제이면 외사촌이 되고 고모집 형제들이면 고종사촌이 되는데, 외사촌은 외종이고 고종사촌은 내종간이 된다.

이는 '나'에게 실질적으로 피가 섞인 혈육을 기준으로써 외삼촌과 고모는 나와 피가 섞여있지만 외숙모와 고모부는 피가 섞이지 않은 관계이다.

과거 시절엔 부부간에도 자식들이 성장하여 일정 나이가 들면, 남편은 내실(안방)에서 나와 사랑(舍廊)채에 거처를 하고 아내는 그냥 내실(內室)에 눌러앉아 사는데, 혈육인 고모는 내실에서 생활하니 고모의 자식들은 나와는 내종간이 되고, 외삼촌은 내실 바깥(外) 사랑채에서 거처를 하니 그의 자식들은 나와 외종간이 되는 이치이다.

그런데 요즈음에사 누가 이렇게 호칭을 하는 이도 잘 없기는 하다.

어쨌거나 이 세상에 다시 없을 나의 보물들아!

'제발 이대로 아프지들 말고, 다치지도 말고 무럭무럭 건강하게만 자라다오.'

'앞으로 너희들이 스스로 펼쳐 갈 너희들 삶의 긴 여정은 부디 큰 풍파 없이 그저 알차고, 복된 세월이기만을 이

할애비 발원, 또 발원하마.'

　보배들아!

　너희들이 나의 손자, 손녀로 와 주어서 너무너무 고맙구나.

　사랑해! 나의 보배보물들!

2022.6.

고향 생각

　사람마다 제각각 다르겠지만, 보편적으로 열 살 이전까지의 기억은 그 한계가 있기 마련이다.

　나 역시 산골 한촌(閑村)에서 태어나 초등학교 저학년 때까지의 기억은 별로 많지 않고, 이후 열대여섯 살 때 까지 부모님 슬하에서 살던 때와, 출향 이후 고향을 들락거리며 지낸 이십대 중반까지 겪었던 일과 느낌이나 생각들이 고향에 대한 아름다운 추억의 대부분이다.

　산골의 한 마을에서 또래끼리 자치기나 제기차기, 썰매 타기, 땅따먹기, 땅콩서리 외에도 집이나, 마을 그리고 학교 등에서의 헤아릴 수 없이 많은 얽히고설킨 사정, 사연들…

　6.25가 끝나고 10여년 후인 60년대 중, 후반 내 고향 산

골마을의 하루는 밤새 어둠의 적막 속에 잠겨있다. 삼라만상 일체가 희미하게 그 형체만 겨우 드러나는 신새벽에 닭장속의 수탉이 길게 목청을 돋우는 때부터 시작된다.

아무리 어둠이 길게 이어지던 오동지 섣달 긴긴 밤도 〈꼬끼요, 꼬끼요〉 울어대는 수탉의 연속되는 우렁찬 목소리가 어둠을 단숨에 걷어내고 만다.

우윳빛 물안개가 초가지붕 처마 끝 까지 내려앉은 어둑어둑한 즈음에 방문만 열면, 우주만물이 숨 쉬는 자연으로 통하는 열린 세상으로 어머니가 제일 먼저 댓돌에 발을 내딛는데, 어머니는 신발을 끌다시피 꿰신자마자 일상하시던 익숙한 손놀림으로 손에 든 수건을 건성건성 두어 번 툭툭 털고는 머리에 두르신다.

정젯간(淨濟間)에 들어서면 밥솥에 쌀을 앉혀 아궁이 밑불을 지피는데, 바깥바람이 세거나해서 굴뚝을 못 빠져나간 연기가 아궁이 밖으로 토해내기라도 하면, 고초당초보다 맵다는 시집살이만큼이나 매운 연기에 그만 한종지 눈물을 쏟기도 한다.

그렇게 불이 들다 내다를 반복해대다가 어느새 가마밥솥에서 푸르르 밥물이 끓어 넘치고 행주로 밥솥을 훔치는 즈음에, 아버지는 우리들이 자고 있는 작은 방 아궁이에

군불을 지피시고는 괭이나 삽자루를 어깨에 비껴 걸고 뒤뚱뒤뚱 걸음으로 논두렁이나 밭둑을 둘러보신다.

농촌의 아침은 이렇게 시작되는데, 산골살림 아침밥상이 무에 그리 푸짐하랴마는, 비록 풋고추 씀떡씀떡 썰어넣어 맵싸한 뚝배기된장에 김치사발 반찬일망정 배를 채워야 헛심이라도 쓰기에 입속으로 물 만 밥이라도 떠 넣어야 하지 않겠는가.

부모님 눈에는 올망졸망 퇴깽이 새끼 같은 우리들이 서둘러 등교를 하고나면, 일상이 논밭에 엎드리는 일 말고는 달리 벌이수단이 있는 것도 아니지만 그렇다고 흙 부쳐 먹는 일이 어디 만만한 일이던가.

그렇게 모두가 떠나고 텅 빈 집은 검둥이가 본채, 아랫채 등 사립문 안쪽의 너른 집 주인이다.

그런데 이 낮주인은 농번기에는 식구들 말고는 누가 찾을 이도 없으니 밥값 할 기회도 아예 없어 아랫채 처마 그늘에서 늘어지게 낮잠 자는 것이 유일한 소일거리다.

그 시절 산골마을 사람들은 가난해도 착했고, 아무리 힘들어도 어질었으며, 내 배 불리자고 이웃에 해꼬지 하는 법도 없이 참 순박하기만 했다.

제 아무리 길어야 일백년 인생살이인데, 육신은 흩어져

흙이 되더라도 이름 석 자는 남는 법이라 사는 동안은 나눠 먹고, 함께 걸머지고 살아야지 하는 심성들이었다.

그때는 문고리에 숟가락만 하나 비껴 걸면 문단속도 끝이었고, 사람 키 보다 두, 세배나 높은 담장을 둘러치는 법도 없어 담장 밖에서 발돋움만 하면 집안이 훤히 다 보이는 그런 형태였다.

봉창 문만 쓱 밀치면 집 밖의 바깥세상과 통하는 그런 가옥구조이다 보니 굳이 감추거나 숨길 필요도 없었기에 숟가락 하나 달랑 끼워도 되는 그때의 여유가 새삼 그리워진다.

그리고 또 그 시절엔 우리네 살림살이에 필요한 대부분의 물건들이 각지고 모난 것이 잘 없었다.

우리 조상들의 어진 심성의 무언의 표현처럼 보이는데, 가마솥이 그렇고 물동이, 대접, 절구통, 소쿠리, 장독, 바가지, 문고리 등 하다못해 초가지붕이나 꼰두레 까지도 모난 것이라곤 찾아보기 힘들다.

기둥이나 문짝, 댓돌 같은 것들도 언뜻 보기에는 각진 것처럼 보여도 찬찬히 뜯어보면, 그런 모서리에도 곡선은 분명히 살아 있는 것을 볼 수 있다.

이 모두가 조상들의 어진 심성에서 비롯된 것이라 생각

되는데, 누구네 기와집이든 초가집이든 처마 한쪽은 날짐 승 제비새끼들의 보금자리로 무상으로 내어주고, 집 바깥 쪽의 처마를 다소 길게 늘어뜨려서 길 가는 나그네가 갑자 기 쏟아지는 소나기라도 잠시 피할 수 있도록 공간배려를 했으며, 감을 따면서도 또 다른 날짐승들을 위해 몇 알은 감나무에 남겨두는 행위들이 동시대를 함께 사는 모든 생 명체가 기연일체(己然一體)요, 자타불이(自他不二)라는 어진 심성을 소유한 까닭이다.

급하게 들고나다 이마를 부딪치기도 하는 낮은 문틀에 서, 매사 자신을 낮추는 겸손한 자세로 살아라는 깊은 숨 은 뜻이 있음을 무조건 크고 넓어야 좋다 생각하는 요즘 사람들은 도대체 알기나 할까?

이러한 겸양지덕의 관습과 미풍양속이 오륙십년 전 내 고향에는 일상 늘 함께하고 있었으며 자연에 순응하며 살 던 우리네 조상들, 누구나 흙에서 태어나 흙으로 돌아간다 는 너무나 평범한 진리를 다시 한번 가슴속 깊이 새기면서 나이가 드니 고향 더욱 그립고, 고향생각 더욱 간절하다.

어린 시절의 내 고향집 풍경

    그 시절 여름 한 나절, 산골 마을의 우리집 안마당은 그야말로 한가롭기 그지없는 정경이었다.

    뒤안가 감나무 가지에 찰싹 달라붙은 매미가 미욤~미욤~ 청아하게 목청을 뽑을 때, 매미의 울음에 놀란? 땡감은 제풀에 툭 떨어졌다.

    긴 장마에 한쪽 모퉁이가 허물어진 장독대에는, 무성한 잎넝쿨의 포도나무가 영롱한 포도송이를 주렁주렁 매달고 있었는데, 우리는 아직 익지도 않은 시디 신 청포도알을 따먹고는 오만상을 찌푸리며 도로 퉤퉤 뱉어 내면서도 다음날이면 또 그 짓을 해대곤 했다.

    본채에서 마당을 가로질러 사랑채 기둥에 묶은 긴 철사 빨랫줄은 참새 떼가 선창을 하고 날아간 뒤, 멋진 신사복 차림의 제비들이 신나게 후렴을 하는 새들의 공연장이었다.

초봄에 알에서 나와 앙증맞은 노랑저고리를 단체로 주문해 입고는, 어미의 발치에서 종종거리며 쉴새없이 삐약대던 어린 병아리들이 어느새 벼슬을 돋우고, 꼬리깃을 세운 중닭으로 자라나서는 연신 두 발로 텃밭을 헤집기에 여념이 없다.

사랑채 처마 그늘 아래에서 팔자 늘어지게 드러누운 검둥이는, 무료함을 이기지 못해 길게 기지개를 펴고는 일어나 어슬렁거리다 제 자리에 이내 도로 누워 버린다.

우리 속에서 좁은 개구멍을 통해 서로 먼저 나오려 몸싸움을 하며 빠져나온 어린 새끼 돼지들은, 안마당을 가로질러 사립문을 향하여 쏜살같이 달려 나가며 아무도 상 줄이 없는 무제한의 왕복경주를 해댄다.

덩치만 컸지 순하기만 한 외양간 어미소는, 콧잔등에 뽀얀 젖이 묻은 송아지를 긴 혓바닥으로 잔등을 쓱쓱 핥다가 문득 그런 새끼돼지들의 어지러운 경주를 커다란 눈을 껌벅거리며 물끄러미 바라본다.

정젯간 옆 텃밭, 지붕 밑 담벼락 천장을 간지럽힐 만큼 키가 큰 옥수숫대에는 연둣빛 갈색 수염의 배가 볼록한 강냉이가 여름 볕에 여물고, 손가락만한 풋고추도 더러는 빨갛게 물들고 있다.

한낮 뙤약볕이 축담가를 핥는 점심 무렵, 집안에 남은 식구들이 넓은 대청마루 둘레상 앞에 둘러앉아서 볼때기가 불룩하도록 한 입 가득 싸먹는 보리밥 상추쌈이 일상의 점심이지만, 큰 주전자에 갓 떠온 얼음같이 찬 골새미물에다 식은 밥을 말아 생된장에 푹 찍어 먹던 풋고추 반찬의 점심도 여름 한철 끼니였다.

작은 방 샛문 밖에는 우물이 하나 있었는데, 우물가 담장 안에는 그림자를 우물에 드리운 앵두나무 한 그루도 서 있었다.

어머니는 우리가 밖에서 놀다 오거나 소를 먹이고 들어올 때면 땀과, 땟국이 쪼르르한 우리들을 발가벗겨 씻어주기도 하고 엎드려 등목을 쳐주시곤 했다.

바가지로 찬 물을 끼얹을 땐, 순간 숨이 멈출 듯이 찬 기운에 우리는 어푸어푸 기함을 하면서도 그 시원함에 마냥 즐거워했다.

그때 어머니께서 바가지로 물을 끼얹으며 등짝이며 가슴이랑 배를 소나무 껍질처럼 거친 손바닥으로 쓱쓱 문질러 주시던 모습이 지금도 눈에 선하다.

그러나 그런 어머니도 벌써 오래전에 귀천하시고 안계

시니 이제는 어릴적 그 고향집에서 뒹굴며 알콩달콩 살던 추억만이 아련하다. 그런 나는 비록 값없는 반백의 나이, 이미 지천명을 훌쩍 넘긴 지금에도 어머니의 이름 앞에서는 언제나 철없는 어린 아이일 뿐이다.

그립다. 어린 시절, 내 고향집에서 철없이 뛰놀던 때가…

그리고 고향 동무들이…

자산 골새미(샘)의 전설

● 마을의 시원(始原)창터

지금으로부터 360여 년 전, 인천이씨(시조이허겸)의 19세손,매죽헌공(1590년:선조23년~1667년:현종8년)께서, 병자년(1636년:인조14년) 오랑캐의 난, 이른바 병자호란을 당하여, 삼전도에서 국왕(인조)이 청나라 태종에게 삼배구고두례(三拜九叩頭禮:세 번 절하고 아홉 번 머리를 조아림)의 치욕을 당하매, 비분강개하여 관직을 던지고 삼가에서 운곡으로 은둔한 이래, 누대에 걸쳐 그 후손들이 점차 늘어남에 따라 운곡골로서는 가호(家戶)를 더이상 감당키가 어려워, 하나, 둘 새로운 터전을 마련하여 동리를 이루어 나가니 그 곳이 운곡에서 서쪽 능선 너머인 지금의 창터였다.

매죽헌(梅竹軒)공께서 운곡은 은둔처로 삼을 만큼 외지고 돌아앉아, 말 그대로 구름도 머문다는 골짜기이니 세상 밖과는 담을 쌓은 마을인데 비하여, 창터는 앞이 탁 트인 얕은 고개마루에 터를 잡았으니, 마을이 훤하게 밝아 밝을 창(昶)이며, 배산 전답이 사철 푸르러 푸를 창(蒼)이며, 양지 바르고 통풍이 잘되어 밭작물이 잘 자라니 갈지 않고 심을 창(穳)이니, 이름 하여 밝고, 푸르고, 농사 잘 된다는 뜻을 내포하고 있다.

● 자산(子山)의 유래

이렇게 하여 작은 마을이 형성 되었으니 매죽헌공께서 처음 터전을 이룬 곳 운곡이 종가촌(宗家村)이라 아비 고을이 되고, 창터는 새 살림 나가는 자손촌(子孫村)이니 아들 마을이라 자산이 된 것이다.

여기서 산은 무릇 모든 중생들을 아우르고 먹여 살리는 생존의 삶터이니, 앞으로 이 터에서 살아갈 후손들이 풍요롭게 살아가기를 바라는 의미에서 이와 같이 이름 지어졌지 싶다.

● 새마의 뜻

창터가 고갯마루 언덕에 위치하다보니 논농사며, 물 긷

는 일이 여간 힘들지가 않아, 하나, 둘 아랫 쪽으로 옮겨감에 따라 창터는 점차 빈집이 늘어나 집터가 밭으로 변하고, (지금도 밭과 밭 사이에 돌담이 남아있고, 마당에 심어졌던 감나무가 군데, 군데 서있다) 당산 자락 평지에 새로 마을이 생겨나므로 새 동네 즉 새마을이 되었다.

지금도 새마라고 하면, 쌍백에서는 누구나 하신 마을임을 알고 있듯이, 그 새마라는 말의 어원(語原)이 바로 새마을인데, 언어란 자연적으로 사용하기 편리한 방향으로 변하게 마련인지라 오랜 세월 구전(口傳)되어 오던 새마을의 마지막 음인 '을'이 음운 탈락되고 지금의 새마가 된 것이다.

● 하신(下新)마을

지금의 하신이라는 이름은, 일제가 식민지 주민 통제 및 행정 관리를 보다 용이하게 하기 위하여 한자로 표기할 수 없는 본래의 순수 우리말을 한자어로 변경하는 정책을 펼쳤는데, 하신은 우리 마을의 형성 배경을 토대로 작명을 한 것으로, 마을이 본래 위(창터)에서 아래(下) 쪽으로 이동하여 새로(新) 생긴 마을이다 하여 하신으로 명명하게 되었다.

● 골새미(샘)

새미(샘)란, '물이 땅속에서 솟아나는 자리'란 말이며, 이는 우물과는 다르다. 우물(井) 역시 땅에서 솟아나는 이치는 같으나, 이는 인공으로 조성한 것인데 반해, 샘은 자연 발생적이며 또한 우물물은 일정량이 차게 되면 깊이와 수압으로 인하여 더 이상 차오르지 못하므로 퍼내어 사용치 않으면 고인 물이 되어 마시기가 곤란해지지만, 샘물은 위로 차올라 밖으로 넘쳐흐르기 때문에 굳이 퍼내지 않아도 늘 살아있는 깨끗한 물이 되는 것이다.

'골'이란 '골짜기'란 의미도 있지만, '고을'의 준말이기도 하므로 골새미란, '창터에 들어가는 골짜기 입구에 있는 새미'란 뜻과, '자산 고을에 있는 새미'란 뜻이 공존하고 있는 이름이지만, 아무래도 이런 사전적인 의미보다는 수백 년 오랜 세월 이 고장에서 나고, 자라는 동안 또는 시집 들어와 살다간 우리들의 옛 안방어른이나, 아낙들의 삶의 애환, 설움, 가슴속 한과 눈물이 방울지고 맺혀 흐르며 끊임없이 이어져 온 영속성과, 객지 타관을 떠돌며 살아가는 우리 출향인(出鄕人)들의 귀소(歸巢) 본능적 욕구의 대상, 그리고 고달픈 삶을 쉬고 싶을 때 평온하고 아늑한 향수에 젖어들 수 있는 모천(母泉)의 뜻이 더 크고 깊을 것이다.

● 자산 골새미!

삼천리 산하 대지에 어찌 이같은 새미가 한 둘뿐일까 마는, 핏 덩어리로 태어나 사지를 성장케 하며, 살을 불리고, 피를 돌려 강건한 육신을 일으켜 세웠으며, 영원을 잉태하여 내일로 이어질 창터골 옹달샘 골새미는, 혹한의 겨울에는 온기를 품어 얼지 않으며, 염천의 여름에는 얼음보다 차가운 감로수(甘露水)같은 생명의 샘물이기에 우리에게는 더없이 소중하고 보배로운 안식처이다.

언제나 어머니의 품속처럼 포근한 자산의 보금자리 골새미!

언젠가는 돌아가 안겨 잠들어야할 자산의 모천(母泉) 골새미!

서쪽 안산 너머 저녁노을이 곱게 물들어 내려 깔리고, 창터고개 들머리에 소박한 자태로 웅크려 앉은, 그 샘터에 꽃 심고, 새 불러 옛 동무들 함께 어울려 오래도록 영원히 살고지고 싶은 우리들의 향수어린 동심의 고향 골새미!

아! 자산의 골새미여!

2004.4.

개망초

첩첩산중 강원도 홍천 어느 두메산골을 갔습니다.

산자락 골짜기와 기슭은 녹음이 짙어 차라리 검은빛으로 물들었습니다.

장맛비에 불어난 냇물이 개울을 채워 흐릅니다.

여울져 흐르는 냇물은 하늘도, 구름도 담아낼 요량도 없이, 내려쬐는 볕살만 부수며 옹알옹알 흐르기만 할뿐입니다.

저렇게 냇물은 여름을 싣고 산속 온갖 전설을 실은 채 흘러가고 있습니다.

아! 그런데 실려가는 여름속에서 양지쪽 개울가를 하얀 풀꽃별들이 구름처럼 무수히 피어나 하늘하늘 춤을 춥니다.

그것은 깡마른 몸뚱이로 키만 홀쭉 크게 자라 요염하지도, 그렇다고 앙증맞게 예쁘지도 않은 길가에 아무렇게 널

부러져 피는 민들레를, 들국화를 닮은 그저그런 개망초였습니다.

개망초!

너의 슬픈 전설은 어떠하더냐?

국운이 기울어 나라가 망할 무렵 1910년대에 너희들은 조국의 산하 삼천리 방방곡곡에 유달리 무수히 피어났다고 했다.

100여 년 전 우리의 할아버지,할머니들이 왜놈들에게는 대놓고 대들지 못한 서러움을 아무 죄도 없는 너희들에게 나라를 망하게 한 꽃이라 여겨 한풀이 삼아 그리했단다.

그래서 망할 망(亡)字에, 풀 초(草)字로 이름 지어 불렀다는구나.

거기다 또, 우리말에 그리 귀하게 대접받지 못한 것들에게나 붙여주는 '개'자(字)까지 달게 되었으니, 너희의 입장에서 보면 참으로 억울한 노릇이구나. 개살구,개꿈,개머루,개옻나무,개똥참외…

그러나 나는 꼭 그리만은 생각하지 않는단다.

억압의 동토(凍土)에서도 굳세게 살아가는 조선의 민초들처럼, 척박한 땅 어디든지 가리지 않고, 끈질기게 뿌리내려 꽃피우는 너희들이야 말로 진정한 조선의 꽃으로 여겼지 않았을까 싶다.

오히려 너무나 흔해서 풍년초는 왜 아니었겠느냐?

봄, 여름 그 잘난 허구많은 꽃들이 저마다 한껏 뽐내며 사랑받을적에도 너희는 귀한 대접은 커녕 있는지, 없는지도 모를만큼 천한 꽃이었다.

여름 한 철 너희가 자리 틀고 앉은 그 곳에 막상 너희들이 없었다면 얼마나 삭막한지를 사람들은 모른다.

어쩌면 우리들의 삶이 그만큼 헛헛하고 메말라 있었는데도 말이다.

그런데도 너희들은 우리가 개망초라 함부로 이름지어 업신여기며 부르는줄을 아는지 모르는지도 아랑곳 하지 않고, 언제나 한결같이 하얗게 웃고만 그렇게 서있었구나.

그러나, 그러나 말이다.

어찌 너희들이 꼭 귀하지 않아서, 도드라지게 예쁘지가 않아서 그렇게 대하며 함부로 이름지어 불렀겠느냐?

어쩌면 아무데서나 부담없이 대할 수 있는 이웃처럼 쉽게 접하고, 볼 수 있기에 더욱 친근한 대상으로 그리 표현했지 싶다.

나는 예나 지금이나 늘 그랬다.

꾸밈없이 소박하게 지천에 흐드러지게 피어난 너희같

은 야생화에 더 눈길이 가고, 숱한 사람들의 발길에 짓밟히면서도 굳세게 살아남는 강인한 생명력이 성스럽고 더욱 숭고하다고 말이다.

이제 아무도 너희들을 천하고, 볼품없는 하찮은 꽃으로 생각하지 않았으면 싶다. 이 세상에 아무 뜻 없고 이유 없이 존재하는 것이 어디 있으랴?

너희같이 어느 이름조차 없는 실개천가에 아무렇게나 피어난 한 떨기 꽃이든 한갓되이 외딴 곳 길가에 구르는 작은 돌맹이 하나일망정 말이다.

개망초!

너는 참으로 이 땅 조선의 참꽃이니라.

보리밭

이렇게 늦은 봄이면, 문득 떠오르는 그리움에 가슴 먹먹해지는 일이 있다.

바람을 앞세워 시골 들길이라도 한가롭게 걸을 때면, 여기도 예전엔 눈 시리게 푸른 보리밭이었는데…

그런 아련한 상념에 빠져드는 것이었다.

예전에 그 많던 보리밭들은 지금 다 어디로 갔을까.

아직 이른 봄, 들녘의 푸른빛이 익지 않았을 무렵, 유독 보리만은 자신의 색을 한껏 펼쳐 자랑해 보였었다.

어느 누구라도 봄 들녘에 서 보면 알 것이다.

들판에 보리밭이 있고, 없음에 따라 풍경을 얼마나 바꿔 놓는지를….

종달새 지저귀다 푸른 보리밭에 들고, 꽃바람, 새 울음

따라 그 보리밭으로 불어들면 소리도, 모습도 없이 흔들리는 보리밭, 그 푸른 바다.

싱그럽다는 말이 보리밭 위에 쏟아지는 햇살을 일컬을 때 보다 더 아름답게 표현될 수 있을까.

찬란한 봄을 노래하는 보리에게는, 그러나 고난과 질곡의 추운 겨울이 있었음을 우리는 안다.

언 땅을 모질게 살아온 보리들, 삭풍한설을 바짝 엎드려 산 혹독한 세월이었다. 보리인들 어찌 봄꽃, 가을나무처럼 화려당당하고 싶지 않았겠는가.

그렇게 긴 겨울동안 보리는 야위고 사위어갔다.

뿌리가 얼면 죽는다. 어떻게든 뿌리만큼은 땅속에 깊이 박아야 한다.

그래서 우리 어릴 때에는 보리밟기라는 것이 있었다.

아직 땅이 얼어 서릿발 곤두 서있을 때, 안 그래도 보기 안쓰러운 어린 보리 싹을 꼭꼭 밟아주었다.

밟혀야 건강하게 잘 자란다는 어린 보리의 생애, 내가 나를 보는 것처럼 생각해보면 마음이 아린다.

보리밭은 그냥 보리밭이 아니었다. 거기에는 보리 말고도 온갖 전설도 함께 살고 있었다.

누구랑, 누구랑 보리밭에서 어쩌고, 저쩌고…

분명히 두 눈으로 보았다고 호들갑 떠는 보리밭 파수꾼들이 있었고, 좋알좋알 종달새도 그랬고, 개굴개굴 개구리도 그랬으며, 소리없이 날개로 손가락질해대는 벌나비도 그랬다.

　우물가 빨래터에서 아낙들도 카더라 중계방송을 해댔다.

　그러나 이제 누가 보리밭에 숨어도 보는 사람도, 소문낼 사람도 없다.

　아! 가슴이 먹먹해지는 이유가 이런 이유였구나.

　올봄이 다 가기 전에 보리밭을 꼭 한 번 걸어 봤으면 좋겠다.

　흥얼흥얼 보리밭 연가를 부르며…

능소화(凌宵花)

초여름 어느 날, 안동 하회마을을 갔더랬다.

안동에서 저녁을 먹고 밤에 도착하여 할머니 한 분이 사시는 집에서 민박을 하였는데, 할머니께서는 방만 빌려주다 보니 아침은 다른 이웃집에서 간고등어 구이 정식을 하기 위해 마을 골목길을 걸어가노라니, 담장과 위로 긴 넝쿨줄기 끝에, 결코 화려하지도, 앙증맞게 예쁘지도, 그러면서 요염하지도 않은 처연한 느낌이 묻어나는 꽃이 만발해 있었다.

바로 능소화란 슬픈 전설이 깃든 꽃이었다.

아득한 옛날, '소화'라는 어여쁜 궁녀가 살았습니다.

어느 날 임금의 눈에 띄어 하룻밤 사이에 빈(嬪)의 자리에 올라, 궁궐 안에 처소가 마련되었지만, 웬일인지 임금은 그날 이후로 한 번도 빈이 된 소화의 처소를 찾지 않았습니다.

시샘과 욕심이 많았다면 어떤 수를 써서라도 임금을 찾았겠지만, 본래부터 심성이 착한 여인인지라 시샘 많은 다른 빈들에 밀려 구중궁궐 심처에 기거하게 된 소화는 그런 음모도 모른 채 마냥 임금이 찾아오기만 학수고대하고 있었습니다.

행여나 처소 가까이 오신 님이 그냥 돌아가지는 않았을까, 담장 밑을 서성이며 발자국 소리라도 들을까, 그림자라도 비칠까, 하염없이 기다리는 가운데 세월은 흘러만 갔습니다.

그러다 기다림에 지친 어느 여름 날, 소화는 시름시름 앓다가 그만 숨을 거두고 말았습니다.

권세라도 누렸다면 장례라도 후한 대접을 받으며 치렀겠지만 있는 듯, 없는 듯 잊혀진 채로 살다 간 빈이고 보니 그녀의 유언대로 쓸쓸히 처소 담장아래에 묻혔습니다.

이듬해 여름이 오고, 소화가 묻힌 담장에는 긴 넝쿨로 담장을 감아 오르며 주황색 꽃이 피어났습니다.

그 꽃은 멀리 담장 밖을 보기 위해 키를 높이고, 발자국

소리라도 들을 양 꽃잎을 넓은 귀처럼 벌려 소화가 꽃이
되어 처연한 자태로 피어난 능소화였습니다.

능소화(凌霄花)!
임 향한 그리움에 까맣게 타버린 가슴 그리워,
하염없이 그리워
담장너머 고개 내밀어 봐도,
임 발자취 어디에도 간 곳 없고,
행여 임 목소리 들릴세라 넓은 귀 활짝 펴 열어봅니다.

임은 아니 오셔도, 저는 기다리며 하얀 밤 새렵니다.
비록 궁궐담장이 태산준령일지라도,
오르고, 올라 또 기어올라, 기어코 임 모습 보고 말터여요.
아무리 발자국 소리 숨겨 오셔도 기어이,
기어이 찾아내고 말터여요.

차라리 그립다 말이라도 해볼 걸, 죽어도 보고 싶다,
애원이라도 할 걸
한여름 뙤약볕에 서럽게 피었다가는,
끝내 고운 자태 흐트러뜨리지 않은 채

한 순간에 뚝, 목을 꺾고 맙니다.
죽어도 임이 아니면 날 만지지 말아요.
그러면 내, 그대 눈을 멀게 하리니…

아! 능소화야,
구중궁궐 외지고 깊은 심처에서 이제나, 저제나 기다림
에 지쳐 까맣게 타버린 가슴, 마음에 베인 상처가 얼마나
깊었 길래, 너는 붉게만 타던 색이 주황으로 멈추었느냐?

보리 문디

〈경상도 사람들〉하면 흔히, 떠오르는 말이 바로 '보리 문디'가 아닐까 싶습니다. 반면에 〈전라도 사람들〉은 '깽깽이'지 싶고요.

둘 다 상대 지역 사람들이 이렇게 말을 할 때는 상대를 비하하는 감정을 깔고 말을 하기 때문에 듣는 쪽에서는 기분이 좋을 리가 없습니다.

그런데 자기 지역, 특히 경상도 지방에서 어릴 때부터 한 고향에서 같이 자란 사람들 끼리 쓸 때는 더없이 반갑고, 다정스러운 표현이 된답니다.

'이 문디 새끼, 아즉도 안 죽고 살았더나?' 라고 하면 이 말 속에 녹아있는 깊은 뜻을 모르는 사람들에게는 이 보다 더 흉악한 욕이 있겠습니까?

병중에서도 누구나 혐오스러워 하는 '문둥병'이 걸린 것도 모자라 살 가치도 없는 놈이 여태까지 안 죽고 뭐 했느냐 라고 했으니….

그러나 경상도에서는 이렇게 여길 사람이 누가 있겠습니까?

어릴 때 헤어져 그동안 까맣게 잊고 살거나 그립고, 보고 싶은 마음이 가슴에 사무쳤지만, 어쩔 수 없이 오랜 세월 떨어져 살다가 수십 년 만에 만났을 때, 그 벅차오르는 반가움의 감정을 어떻게 다 표현할 수 있으리오.

'이 문디 자슥~'하고 덥석 껴안는 그 가슴속에는 반가움과 애정, 그리움, 무정한 세월에 대한 원망과 탄식, 동심의 추억, 눈물, 감동….

이 모든 것들이 다 녹아 젖어있지 않은가요?

'문디 가시나, 그동안 우찌 살았더노?' 할 때 대꾸하는 뒷말에도 참으로 지독한 욕이 되는 '문디 지랄 안하나, 니는 그라몬…'해도 욕은 커녕 더없는 반가움의 표시입니다.

만약에 '지랄(병)'이라는 말을 그렇게 친하지도 않는 사람한테 했다가는 평생 원수지간이 될 독설 아니겠습니까?

'보리 문디'라는 말에서, 이 보리는 곡창지대인 전라도나 충청, 경기지방에 비해 경상도 지방에서 더 많이 생산되었고, 보리는 흔히 가난의 대명사인 '보릿고개'로 상징됩니다.

그래서 그 가난을 벗어나기 위해서는 공부를 열심히? 하여 출세를 할 수 밖에 없었지요.

그래서 공부(文)를 열심히 하는 아이(童)가 되라는 뜻, 즉, '보리밥 먹고 출세 공부하는 아이들'-문동(文童)이, 바로 '보리 문동이' 이 말이 변해서보리 문동이 - 보리 문둥이 - 보리 문디가 되었답니다.

36년 전의 추억 한 토막

중학 1학년 여름방학을 마치고, 2학기 등교를 한지 이틀째 되는 날로 기억된다. 36년 전, 이 땅 어디든지 간에 당시 농촌의 궁핍한 생활이야 굳이 말하지 않아도 먹고, 입고, 살던 모습이 파노라마처럼 펼쳐지지 않는가?

초등 6년을 마치고 대처(大處)는 고사하고, 우리처럼 산길을 돌아내려 이, 삼십 리 길이나 떨어진 시골 중학교에도 진학하지 못한 채, 열 서넛의 어린 나이에 농사일을 거들거나, 가사를 돌보던 또래 아이들이 얼마나 많던 시절이었던가. 그나마 중학이랍시고 다니던 우리들 가정형편도 뭐, 그리 표 나게 잘 살았던 것도 아닌 것이 대부분 아이들의 도시락 내용물을 보면, 고만고만 다 알게 마련이었다.

누런 철제 도시락 안은 거의 꽁보리밥 수준으로 채우고,

뚜껑을 열면 바로 드러나는 윗부분만 겨우 셀 수 있을 정도의 백미로 덮었는데, 도시락 한 쪽에 웅크려 자리하고 있는 반찬통에는 장아찌나 김치가 태반이었고, 그나마 한창 크는 아이 배고플까 꾹꾹 눌러 담은 어머니의 애잔한 정성으로 반은 배를 채웠지 싶다.

그 시절! 삼가읍내에 집이 있는 아이들 빼고는 일, 이십 리 길을 걸어서 다니거나 자전거로 통학을 하였는데, 눈이나 비오는 날이 제일 힘들었다.

울퉁불퉁 자갈이 깔린 신작로 찻길에 흙탕물이라도 고인 곳을 지날 무렵에 버스나 트럭이 오면 논둑이나 길옆 산으로 피하기를 거듭하였고, 세찬 비바람이 부는 날에는 우산과 생씨름을 해댔는데 와중에 옷 젖는 것이야 어쩔 수 없다하지만, 보물단지 같은 책가방은 온 힘 다해 비로부터 지켜내야 했다. 5월이면 버스를 탈 수 있는데도, 땀내 찌들은 삼베적삼, 잠뱅이에 삽자루 비껴 메고 논둑길 두리번대는 아버지가 담배쌈지 털어 한줌 재는 곰방대에, 성냥개비 하나라도 그어대기 아까운 시절에 차타는 것도 쉽지가 않았다. 간혹 버스를 타고 등교를 할 때는, 한 시간 걸려 가는 등굣길이 일, 이십 분 만에 휙 도착하고 보면, 뭘 도둑맞은 기분처럼 허탈하기조차 하여 참 아깝다는 생각이 들었다.

그 돈이면 학교 마치고 집에 가다가 만화책도 볼 수 있고, 평구 주막거리에서 풀빵도 사 먹을 수 있는데, 그렇게 짧은 시간에 그걸 써 버리다니….

그렇게 찌든 가난이 보편적이던, 어린 시절에 중학교를 입학하고 1학기 내내 걸어서 통학을 하는 동안 자전거를 타고 다니는 아이들이 그렇게 부러울 수가 없었지만, 심성이 여린 나는 아버지한테는 자전거 이야기를 입 밖에도 꺼내지 못하고, 돈이 어떻게 생긴 지도 모르는 어머니한테만 투정 반, 어리광 반으로 두어 번 말했는데 세상에 이럴 수가!

삼가장에서 아버지가 중고자전거 한 대를 사가지고 오셔서는 "여름방학 때 타는 법 배워가지고 2학기부터는 학교댕길 때 이거 타고 댕겨라" 하시지 않는가!

그 때 그 기분은 온통 구름을 타고 둥둥 떠다니는 기분이었고, 아버지가 그렇게 고맙고 자랑스러울 수가 없었다.

그때까지만 해도, 늙으신 아버지(그때 아버지는 쉰 여섯이셨다)는 우리 자식들한테는 아득히 높고, 먼 곳에만 존재했던 분이었다.

그리하여 나는 우리집 넓은 마당에서 축담을 딛고 올라서는 계단 돌에서 자전거에 올라타고는 뒷발로 홱 밀어서 앞으로 굴러가게 하여 마당을 돌며 자전거 타기를 배우고 익혔는데 넘어지기를 수도 없이 반복했다.

마당 왼쪽으로만 돌다가 오른쪽으로도 돌고 8자로 돌기도 하면서 드디어 동네 앞길로 타고 나가기도했다.

그렇게 방학 내내 자전거 타는 재미로 보내고 2학기 개학 날 개선장군처럼 학교에 타고 갔다 왔다.

이튿날 학교를 마치고, 집으로 오는데 학교 교문을 나서서 학교 뒤편 다리를 건너는 지점, 다리에서 쌍백쪽으로 가면 급 커브지역이다.

그러다보니 자연 커브 바깥쪽으로 지대가 높아져 흙이나, 자갈이 수북하게 쌓여서 조심하지 않으면 자갈길에 잘 미끄러진다.

바로 거기를 지날 무렵에 반대쪽에서 버스가 내려오고 있어 핸들을 길가 쪽으로 돌리는 순간 쭈욱 미끄러지면서 오른쪽 논 아래로 곤두박질쳐버렸다. 그 지점은 길에서 논까지의 높이가 다른 지점보다도 훨씬 더 높은 곳인데 굴러 떨어지는 순간에도 자전거 걱정이 앞섰다.

내가 다치는 건 아무 것도 아닌데, '하이고 이걸 우짜노. 자전거가 못쓰게 되몬…'

인자 졸업할 때까지 자전거는 다 탔다고 생각하니 꾸지

람 들을 일은 아무것도 아니었다.

일어나서 논바닥에 처박힌 자전거를 보니 체인이 벗겨지고 핸들이 찌뿌둥하게 돌았으며 훅(지지대)이 금이 가고 구부러져 있었다.

혼자서 끙끙대며 한길가로 끌어 올려놓고 보니 바퀴도 잘 돌아가지 않길래 자전거를 끌고 터벅터벅 걸어서 집으로 돌아오는 그 길이 얼마나 서럽던지….

집 앞에 도착하니 더욱 서러워 마당으로 들어서지도 않고 목을 놓고 엉엉 울었다.

정젯간에서 어머니가 뛰어나오시면서 내 몰골을 보시고는 자전거는 안중에도 없고, '오데 안 다쳤나? 우짜다가 이리 됐노?' 하시면서 앞으로, 뒤로, 위로, 아래로 훑어보시며 다친 곳을 찾는대만 정신을 쏟으셨다.

그때 내 팔이고 얼굴을 스쳐 쓰다듬는 어머니의 소나무 껍데기 같은 거친 손바닥이 그렇게 다정하고 보드라울 수가 없었다.

이제까지 자전거를 탈 수 없다는 서러운 생각과 잘못에 대한 죄스러움이 범벅이 된 채 울고 서 있는 나를 끌어안고, '괘안타, 많이 안 다쳤으몬 됐제. 자전거는 아부지한테 고쳐 달라쿠몬 된다 아이가. 울지 말거라.' 하시며 잔등을

토닥거려 주시면서 하시는 그 말씀에 겉으로는 울고 있었
지만, 살 냄새 짙게 배인 베저고리 가슴속에 얼굴을 묻었
는데, 아! 그때 어머니의 그 포근한 품속은 백 천 번을 죽어
다시 산다 해도 잊을 수가 없지 싶다.

　36년의 긴 세월이 흐른 지금 여름도, 가을도 아닌 계절의
길목에서, 마당가에 선 대추나무 그림자가 길게 늘어지던
중학 1년 어느 날, 해거름 녘의 아련한 추억 하나를 떠올려
보았다.

　그날 빨간 고추잠자리 떼가 안마당 가득 잔치를 열 때,
파아란 하늘 위로는 뭉게구름이 두둥실 떠 다녔고, 중천을
넘어 지나는 해는 옅은 노을을 만들고 있었을 것이다.

2004.8.6.

봄날 아침 풍경

이른 아침시간 다섯 시면, 새벽도 아침도 아닌 시간의 경계이다.

나에겐 그 시간에 학교운동장으로 아침운동을 가는 일이 숨쉬고, 세수하는 것처럼 이제 일상의 일이 된지 오래이다.

한 겨울의 그 시간이면 앞이 깜깜할 정도이니, 가히 늦은 새벽이라 해도 아무런 이의가 없을 성 싶지만, 요즈음은 운동을 마칠 시간 즈음이면 학교 지붕위로 햇살이 뻗친다.

아파트에서 학교까지 가는 데는 한 오 분 정도 걸리는데, 오월 아침나절의 주택가 골목길을 지나가노라면 주택마당가에 선 키 큰 은행나무의 무성한 이파리 속에서 참새 떼들이 왁자지껄 봄날 아침 고요를 흩트려 놓는다.

그들은 무슨 뜻인지 도대체 알아들을 수도 없는 재잘거림으로 악보도 없고, 음률의 높낮이도 별로 없는 합창을 해댄다.

학교 교문을 들어서기까지 골목길 언덕바지에서는, 순서없이 늘어 선 아카시아 나무들이 내뿜는 아카시아 향내가 콧속으로 사정없이 번져 들어와 미소 짓게 하는가 하면, 더불어 상쾌한 아침공기가 전신을 휘감아 도니 적어도 그 순간만큼은 도회속 전원생활에 다름 아니다.

학교 운동장으로 들어서면, 이번엔 오월의 꽃 장미가 화단이며, 울타리처럼 둘러쳐진 담장을 뒤덮고 있다.

저 꽃들은 무에 그리 사무친 한이 맺혔길래, 저리도 진한 핏빛으로 소리없이 절규하는 것인지…

2월, 아직 삭풍이 기세등등 치켜뜬 눈을 희번덕거릴 때, 빨간 동백꽃이 서편 교사 화단의 한 자리를 지키더니 3월엔 어느새 개나리 진달래가 온 화단을 점령하였었고, 화사한 벚꽃 이파리들이 눈처럼 뿌려대던 4월, 철쭉과 영산홍도 제 고향 발치로 귀향하고 난 뒤 학교 운동장은 주저리 주저리 빨간 장미일색이다.

학교 지붕 난간을 올라탄 까치가 연신 고함을 쳐대고, 땅으로 내려온 비둘기는 쉴새 없는 종종걸음으로 바쁘다.

운동장 남쪽을 병정처럼 줄지어 늘어 선 측백나무 머리위로, 하현달이 구만리장천을 외로이, 외로이 노 저어 간다.

운동장엔 아지매, 할매들이 둘이서 또는 서넛이 짝을 지어 걷기도 하고 팔을 크게 흔들며 바삐 걷는 아자씨, 갈지자로 바른 걸음이 잘 되지 않는 안쓰러운 할아버지, 중풍을 앓았는지 작대기를 의지해 겨우겨우 걸음 놓는 또 다른 할부지, 푸우, 푸우 거친 숨을 내뿜으며 열심히, 열심히 운동장을 뺑바꾸 도는 내 또래의 중년도 둘이나 더 있다.

그런가하면 학교 관리원 아자씨는 밤새 바람이 운동장 가로 몰아다 놓은 낙엽과 실랑이를 한다.

반시간도 안되는 시간에, 이제 겨우 운동장을 너 댓 바퀴를 돈 할매 한 분이 의자에 앉아서 "인자 고만 돌고 집으로 가자"며 한 바퀴를 더 돌고 있는 다른 할매를 보채는데, 그 할매는 "쬐매만 더 돌다가자"고 버티니 처음 할매가 "앗따! 울매나 오래 살라꼬 이래 열심이고?", "오래 살 맴은 없고 (이거 아무래도 거짓말 같은데…ㅎㅎ) 사는 동안 건강키 살라고 안하나."처음 할매"……?"더 뭘 할 말이 있을꼬?

여섯시가 넘으면 높다랗게 걸린 학교 벽시계는 눈을 흘긴다.

그제야 슬금슬금 하나, 둘 교문을 나서는데 나뭇가지 속을 헤집던 새떼들의 합창은 이제 몇몇이 화음을 맞추는 중창단 수로 줄어든 소리이다.

얼굴을 흘러내리는 땀방울은 맑은 아침바람이 훔쳐가고 녹음이 여물어가는 오월 하늘은 더욱 청하게 올라가 있다.

'대천공원'에 메아리친 봄의 축제

맑은 봄 하늘 높이 높이 흥겨운 우리 가락이 울려 퍼집니다.

대천을 흐르는 냇물이 아름답게 화음을 보탭니다. 푸른 산속, 온갖 수풀이 덩실덩실 춤을 춥니다.

따사로운 봄 햇살 물에 흠뻑 젖은 나도 절로절로 장단을 맞춥니다.

그리고 마침내 전부는 흥에 겨워 하나가 됩니다. 연둣빛 숲속이 온통 녹음의 기운을 더하는 사월의 마지막 주말 오후 한나절!

해운대 장산 동쪽 자락에 널찍이 치마폭을 드리운 대천공원 야외무대에 한마당 봄날 큰 잔치가 열렸습니다.

풍물놀이! 나는 이 놀이에서 소리를 듣거나 향연을 볼 때면, 아무 이유도 없이 저절로 어깨가 들썩거리고, 체신머리 없이 다리를 건들거리며, 장단을 맞추게 됩니다. 우리는 누구나 개인적으로 음악적 소질이나 놀이에 대한 흥미가 없다하여도, 눈앞에 신명나는 놀이판이 펼쳐진다면 아마 나처럼 그런 신이 나는 병에 걸리지 싶습니다.

그것도 우리 전통 풍물놀이 가락장단이라면 더욱 말입니다.

눈앞에 펼쳐진 잔치마당에서 나는 아련히 60년대 내 어린시절의 고향마을 풍경을 떠올립니다.

그 시절, 설이 지나 정월 대보름날이면, 아침부터 한밤중까지 온 마을은 신명나는 잔칫날이었습니다.

행사 전날 밤에는 마을의 젊은 사람들은 어느 집 사랑채에 모여서 고깔을 만들어 오색종이로 꽃수술을 달고, 상모에 기다란 종이를 붙이며 깃발을 만드는 등 밤늦도록 준비를 했지요.

보름날 아침부터 마을 농악대는 집집마다 돌아다니면서, 정젯간이며 외양간 앞에서 지신밟기를 합니다.

돼지우리 앞에서는 '~돼지새끼 낳거들랑 열두 마리나 낳아주소!'라며 상쇠가 소리를 하고나면 꽹, 꽹, 쾌갱꽹! 해댔지요.

그러고 나서 마당으로 나와 한바탕 큰 놀이판을 벌입니다.

연세 많은 바깥어른들이야 점잖게 양반 체면을 차리지만 할매나 아지매들은 농악대와 뒤섞여 신명나게 춤을 추며 온마당을 빙글빙글 돌며 어울립니다. 이윽고 마당가운데에 잔칫상이 차려져 나오면 술동이는 금세 동이 나고 농악대는 옆집으로 옮겨갑니다.

지금 내 눈앞에서 어린 시절의 아련한 향수를 불러일으킨 그 향연이 펼쳐지고 있습니다. 비록 그 시절의 질그릇처럼 투박하고, 가난했지만 순박한 모습은 아닐지라도 우리의 전통맥을 이어가고자 하는 정성들이 참 갸륵합니다. 그때는, 아니 지금까지도 알지 못했습니다.

선반설장구, 웃다리풍물, 풍물 판굿, 삼도설장구, 날뫼 북춤…

언뜻 들어본 자진모리, 휘모리의 의미가 뭔지도 모를만큼 나는 우리의 가락에 문외한이고 이방인이었습니다.

그러나 그러한 속뜻이야 알 수 없지만, 지구상의 어느 놀이판 중에서도 몸과 마음, 너와 나를 하나 되게 아우르는 우리의 전통 풍물놀이만큼 신명나는 음악무대는 없지 싶습니다.

꽹과리, 장구, 북, 징 외에도 우리의 다른 전통 악기들도 많이 있지만, 인간이 특히, 우리 민족이 가장 신명나는 놀이판을 벌일 때 흥을 표출해내기에 가장 적합한 악기가 바로 손으로 채를 들고 두드리는 타악기일 것이라 생각이 듭니다. 그런 타악기 중에서도 이 사물악기가 아닌가 합니다.

그리고 가만히 생각해보니 이 네 가지 타악기가 장구와 북은 가죽으로 만들어지고, 꽹과리와 징은 쇠로 만들어진 아주 절묘한 조화와 균형을 이루고 있음을 알았습니다. 아주 오랜 옛적부터 우리 조상들이 행하여 오던 제천의식, 그 하늘에서 작용하는 농사와 관계되는 천둥번개와, 구름과 비, 바람을 비유한 네 악기가 바로 사물악기라 합니다.

그 기운이 천둥번개처럼 휘몰아치는 충동성이 있다 하여 꽹과리를 벼락에 비유하고, 장구는 좌우의 음률 통에서 두 가지의 음색이 화려한 신명을 자아낸다 하여 비에, 그 소리가 하늘에 둥둥 떠다닌다 하여 구름에 비유되는 북, 그리고 울리는 소리가 긴 여운으로 바람에 실려 오래 남는다 하여 징은 바람으로 비유했다 합니다.

참으로 풍류를 즐길 줄 아는 멋진 우리 선조들입니다.

무언가를 두드려서 공동체를 이루고 그 하나 된 힘을 바탕으로 하늘과 땅, 그 속에서 살아가며 서로를 아우르는 일이 바로 우리의 삶속에서 싹 터 자란 풍물놀이의 뿌리가 아닌가 합니다.

그러나 아무리 훌륭한 전통문화인들 그것을 계승, 발전시킬 후손들이 없다면 무슨 가치가 있다 하겠습니까?

　우리의 소리와 가락이 좋아 여럿이 하나 되어 저리도 신명나는 잔치를 펼치는 이들!

　참 거룩하고, 숭고한 보배라 여겨집니다.

넉넉한 삶

채근담에 이런 말이 있습니다.

〈악행을 저지르고 남들이 알까봐 두려워하는 것은, 악한 가운데서도 선한 마음이 남아있기 때문이며, 선행을 베풀고 남들이 빨리 알아주기를 바라는 것은 선한 가운데서도 악의 뿌리가 남아있기 때문이다〉

위로는 하늘의 녹을 받고, 아래로는 땅의 복을 받기에 인생을 잘살면 저절로 이름이 날 것인데도, 스스로 이름을 내려고 하는 것은 부끄러운 일입니다. 흉은 감춰도 이름은 감출 수가 없는 법이지요.

종은 속을 비워야 그 소리를 멀리 보내고, 강물은 아래로 흘러야 바다에 이르듯이 우리네 삶도 늘 자신을 겸허하게 낮추면 시비하는 일이 없을 것이며, 참고, 또 참으면 다툴 일도 없을 것입니다.

사람보다 먼저 이 땅에 자리잡고 살아온 나무는, 오랜 세월을 한 자리에 서서 모진 비바람 눈보라를 맞아 가면서도 사람의 한 평생과는 비교되지 않는 긴 인고의 세월을 살아가고 있지 않습니까.

지금 이 땅에는 문명의 전성기를 맞아 편리함은 온 국토에 넘쳐흐르고 있으나 정서는 찬 서리 맞은 가을꽃과 같습니다.

자연은 아무리 작은 미물이나 풀 한 포기라도, 모두 하나로 연결되어 있습니다. 너와, 나로 구분 지을 일이 아니라, 우리로 하나 되어 내 몸처럼 여길 일입니다.

여름 여행길 단상(斷想)

　팔월의 땡볕이 쨍쨍 내려쬐는 어느 날, 키 큰 나무 그늘 드리운 선운사 드는 길은 맑은 공기를 흠뻑 머금은 빛으로 넘실거린다.

　졸졸졸… 흘러내리는 계곡의 물소리가 귀에 와 걸리고, 산란한 빛 사이를 스치는 바람결이 온몸에 휘감긴다. 흐르는 저 물과 바람처럼 쉼 없는 시간과, 나 사이에서 언제나 아쉬운 것은 순간에 감사할 줄 모르는 나 자신이다.

　일주문을 앞에 두고 절집 기둥에 쓰인 글귀가 무식한 나에게 선문답을 나누자며 발길을 붙든다. 길의 끝에서 만난 한적한 절집, 폭염처럼 들끓던 마음이 요동을 멈추고, 빨간 꽃잎이 가지 끝에서 하늘을 향해 웃고 있는 배롱나무 그늘 밑에 앉아 나는 애써 뙤약볕을 외면한다.

들판을 건너고 계곡을 달음질쳐온 푸른 바람과, 청량한 그늘을 불러 전신에 목욕을 하는 이 기분이란…

세상에서 가장 상쾌한 자연욕이 아닐까? 닫힌 귓전에 문득 법당 처마 끝의 풍경소리가 들려온다. 땡글, 땡글, 땡그르르렁 땅~ 바람이 희롱할 때마다 작은 풍경은 자지러진다. 검푸른 숲속에서는 연신 매미들이 합창을 해대고, 지난 겨울, 핏빛처럼 붉은 꽃잎들을 제 발치에다 묻고는 지금은 한가로이 법당 뒤에서 보초를 서있는 동백! 오늘 밤, 여기서 하루를 묵고 싶은 욕구가 인다. 그리움으로 뒤척이다 잠 못 이루는 한 밤중에 조용히 뜨락으로 나와 먹빛 하늘이라도 본다면, 구만리 장천 광활한 그 터에는 보석을 뿌려놓은듯 아름답게 반짝이는 찬란한 별빛에 나는 그만 기함을 할지도 모를 것이다. 그렇게 산사의 여름 밤하늘엔, 밤새도록 별들의 밀어가 속살대다가 촉촉이 젖은 고요를 뚫고 새벽으로 밝을 것이다.

그리하면 나는 또, 그 새벽을 온몸에 감고서 숲길을 걸으며 나를 떠난 곳에서 나를 보지 싶다. 내안에서 꿈틀대던 그 많은 욕망과, 분노와, 어리석음들을 한 줌, 한 줌 덜어내 새벽 숲길에다 내려놓을 것이다.

수 천, 수 만의 생을 거듭하는 동안 참으로, 참으로 별 것도 아닌 것에 왜 그리 속 끓이며 살았는지도 아마 새벽 산책길에서 얼마간은 깨닫지 싶다.

온전한 나를 만난다는 것은, 나를 허공처럼 텅 비운 곳에서만 가능한 일일까? 늘 채우기만 바빴던 나의 비좁은 둥지를 비우고 별빛이 사그라들듯 그렇게 새처럼 날아가고 싶다.

고추잠자리

8월! 지루한 장마가 끝나고, 팔월의 뙤약볕이 차별없이 쏟아져 내리는 즈음이면, 내 고향 마을은 온통 빨간 고추 잠자리들의 춤사위 그림자들로 뒤덮이고 만다.

첩첩의 외딴 산골 마을은 어느 한 곳인들 그들의 소리없는 비행은 잠시도 그침이 없었다.

엄동의 겨울눈과 한여름 소낙비에 흙빛으로 퇴색해버린 색바랜 초가지붕과, 빨간 채송화가 앙증맞게 피어 있는 돌담장 위,그리고 마당가 대추나무 가지 끝과 녹음이 출렁이는 나락논 벌판위에도….

그런가하면 은빛 물비늘이 반짝이는 바다처럼 그들은 그들의 날개짓으로 허공을 일렁거려 넓디 넓은 구만리 창공에다 또 하나의 하늘바다 풍경도 만들어 냈다.

투명한 망사천으로 곱게 마름질한 화려한 날개옷을 걸치고, 멋쟁이 빨간 맘보 바짓가랑이를 뽐내며 온 하늘을 활보하는 고추잠자리 떼….

여름 밤 하늘의 영롱한 별 만큼이나 헤아릴 수 없이 많은 그들의 춤사위가 펼쳐지는 팔월의 내 고향 여름!

그들은 한낮동안의 긴 비행에 지칠 때면, 사립문 꼭대기에서 고단한 날개를 쉬기도 한다.

더러는 마굿간 어미소 잔등을 간지럽히기도 하고, 초가 지붕을 기어오른 박넝쿨 이파리를 더듬기도 한다.

그러다 살금살금 다가간 우리 개구쟁이들의 손끝에 재수없이 붙들리는 잠자리들도 있었다.

그렇게 잡힌 그들은 이내 꼬랑지를 뎅경 잘리고는 꼬리에 빈 보릿대를 매단 채 억지 장가(?)를 들고, 또 강제로 시집(?)을 보내지기도 했다.

그러면 그들은 혼비백산하여 하늘 높이 푸르르 날아오르는데, 철없는 우리는 그런 그들의 모습이 우습다고 박수를 쳐대며 깔깔거렸다.

그런가하면 그야말로 운수사납게도 처마밑이나 나뭇가지 사이에 쳐진 거미줄에 걸려, 한 순간에 비운의 신세가 되고마는 일장춘몽 같은 생애도 더러 있었다. 그렇지만 우리네 인생사가 그러하듯이 그들 세계도 늘 나쁜 일만 있는 것은 아니다.

개중에는 암컷의 등 뒤에서 허리를 동그랗게 말아 올리고는 한창 사랑놀이에 빠지는 일도 있으며, 작은 애벌레를 입에 물고 오물오물 성찬을 즐기는 무리도 있었다.

그렇게 하루해가 저물면 그들은 어디론가 자취를 감추고 마는데 다음날이면 그들은 다시 또 그들의 일상을 반복한다.

그 때처럼 지금도 어릴 적 그 고향마을엔, 푸른 콩대가 살을 불리는 논두렁가에도, 바람에 서걱이며 흔들리는 키 큰 수수밭에도, 빨간 고추잠자리 떼는 여전히 지천을 떼지어 날고 있을 것이다.

그러나 이제 드러난 이마 평수가 넓어지고, 희끗희끗 흰머리도 어설퍼 뵈지 않는 주름진 세월강 지천명을 넘긴 즈음에서, 그저 그 시절의 아련한 그리움만 축축하게 달래고 있다.

편지

요즘처럼 모든 일이 급하고, 바쁘게만 돌아가는 세상에서는 옛날처럼 필을 들고 붓방아를 찧어대며 누군가에게 편지를 쓴다는 것이 시대 뒤떨어진 궁상맞은? 짓거리라고 놀림을 당하지는 않을지 모를 일이다. 웬만한 일은 그냥 간단하게, 전화로 안부를 묻고 전자편지로 소식을 주고받는 형편이고 보면, 편지를 쓴다는 것이 한편으로는 참 한갓되다는 생각이 드는 것이 가슴속 정서마저 이미 속도에 중독되어 버린 탓일까.

1980년대 이전만 하여도, 다정한 벗이나 그리운 이로부터 부쳐져 온 편지 한 통은 웬만한 아름다운 시 한 편을 읽는 것 보다 더 반갑고, 가슴 설레는 기쁨이었다.

편지를 보내온 사람의 삶이 스며있고, 행간에 어려오는

다정한 얼굴 모습과 구절마다 배어나오는 그의 마음 씀씀이 등을 그리면서 편지를 읽는 순간이 그렇게 즐겁고 행복할 수가 없었다.

더구나 직접 손으로 정성스럽게 쓴 편지 임에랴.

편지를 써서 봉투에 넣고 그것을 부치러 우체국에 가는 시간에도 그 사람을 생각하면서 내용 중에 빠진 것은 없는지 행여나 편지를 써 놓고 빈 봉투만 들고 갈세라 햇빛에 비춰 보기까지 하였으며, 또 부치고 돌아오면서는 혹시 주소라도 잘못 쓰지나 않았는지 괜한 염려까지 하면서….

계절의 길목을 서성이는 고요한 밤, 촛불을 밝혀두고 차한 잔 끓여 멀리 있는 다정한 벗에게 편지 한 장 써 보면 어떨까.

은은한 차향이 배인 그 편지를 읽으면서, 나를 생각하며내 마음을 향하여 미소 지을 그 벗을 그리워하면서 말이다.

그러면 아름다웠던 추억은 덤으로 올텐데…

2005.3.4.

산수유 피는 마을

누가 그랬다.

'이른 봄에 피어나는 산수유꽃을 보고 나무에 도는 혈관의 피가 노오란 것임을 안다'라고. 꽃이 먼저 피고, 잎이 나중에 난다는 산수유!

겨울이 떠난 야윈 나뭇가지 끝에 작은 별사탕 모양으로 오종종하게 매달린 앙증맞은 꽃무리에서 연방 톡톡 꽃망울 터지는 소리가 들리는 듯하다.

신문 속 구례의 어떤 마을 들머리 동구 밖 개울 바닥에 햇볕에 바랜 큰 바윗돌과 동글동글한 작은 돌멩이들이 널브러져 해바라기를 하고 누워있다.

사각 학사모처럼 눌러 쓴 검회색 슬레이트 지붕 대신 새끼줄로 얽은 초가지붕이었더라면, 한층 더 전원의 봄 향기가 나폴 거릴 것 같은 그런 한가로운 정경의 그림이다.

저 산수유나무를 한 때는 '대학나무'라 부르기도 했다.

저 나무 서너 그루면 가을에 거둔 열매로 자식놈 대학도 가르칠 수 있었다 하여 붙여진 이름이다.

해서 멀리 이사라도 갈라치면 한 그루에 몇 십만 원씩 받고 팔기도 했다는데… 저 나무는 피난 내려온 생활력 강한 북녘 사람들처럼 질긴 생명력의 나무이기도 하다.

아직도 시린 눈 녹은 물이 졸졸 흐르는 개울가 뿐만 아니라, 여린 새싹들이 땅속에서 한창 고두발 세우기에 여념이 없는 꼬불꼬불한 밭둑가에도, 옹기종기 처마를 맞댄 채 도란도란대는 돌담 골목길에도 온통 노오란 향내를 풀무질 해댈 것이다.

소박한 저 산수유꽃들은 가까이서 보는 것 보다는, 뒷동산 언덕배기 같은 데를 올라 한가로이 바라본다면, 그윽하고 은근한 향내를 코보다는 눈으로 더 많이 맡을 수 있을 것이다.

그러다 바람이라도 한 줄기 불라치면, 마치 무수한 벌떼들의 어지러운 날갯짓처럼 우수수 흐드러지기도 한다.

그러나 시절은 아직 남해바다를 건너 섬진강 맑은 물을 적신 봄바람이 지리산 자락 산골 마을에서, 노오란 산수유꽃의 유혹에 빠져있는 동안 꽃을 시샘하는 한 무리의 찬 기운이 절문 사천왕처럼 버티고 선 즈음이다.

보문호숫가의 아침

유월의 휴일 이른 아침에 보문호 산책로를 따라 걷는다.

전날 밤에 내린 세찬 빗줄기로 아침 공기가 한층 상쾌하다. 엷은 물안개가 낮게 깔린 호숫가에, 키 큰 물새(재두루미?) 한 마리가 길게 목을 뺀 채 외발로 서 있다가 그 작은 눈으로 나를 보았는지 여유 있고 우아한 자태로 호수 위를 날아오른다.

산책로 보다 더 위쪽으로 나 있는 자전거길에, 반바지 차림의 두 청춘 남녀 한 쌍이 자전거를 타고 간다.

그들은 자전거 바퀴에다 도로를 둘둘 말았다가는 다시 좌악 펼쳐 놓고 지나간다. 산책로가 가는대로 소공원 안으로 들어간다.

키가 큰 수목들이 보초처럼 빙 둘러 서 있고, 그들의 발치에는 녹음 짙은 수풀들이 빼곡히 앉아 있다.

그 중에는 빨간 장미꽃을 이름표처럼 가지에 매달고 있기도 하고, 노란 꽃잎을 머리에 꽂고 있는 무리들도 섞여 있다.

공원 옆 음식점 정원에서 담장 밖으로 한 무리의 참새 떼가 질서도 없이 공원 숲으로 날아들고는 잠시도 쉴 새 없이, 중구난방으로 자연의 소리를 전한다. 하지만 아직 그들의 언어에 익숙치 못한 나는, 무슨 사설(辭說)들인지 도통 알아들을 수가 없다.

그러는 사이 내 옷에 풀꽃향이 배이고, 몸속으로 스며든 맑은 공기가 말갛게 헹궈냈는지, 간 밤 숙취에 찌든 흔적이 말끔히 사라지고 없다.

돌아 나오는 산책로에는 여전히 인적은 드물고, 아까보다는 한층 밝은 기운이 호숫가에 서려 있다.

동쪽 먼동을 향하여 금방이라도 날개를 퍼득일 듯이 선착장에 발이 묶인 큰 물오리 유람선이 한가로이 떠 있다.

호수를 굽어보고 서 있는 벗나무 위에서, 까치 한 마리가 뭐라고 말을 건넨다. 땅으로 내려가고 싶은데 빨리 지나가라는 것인지, 배가 고프니 먹거리를 달라는 것인지, 나는 이 까치의 우짖는 뜻도 영 헤아릴 수가 없다.

이 아름다운 호수를 배경삼아 그동안 얼마나 많은 사람들이 살다 가고 앞으로 또 언제까지 그 다음을 이어 살아갈까?

나도 전생 어느 한 때, 그 무엇이 되어 여기서 살았던 적이 있었을까?

서라벌 보문호!

지금은 기억나지 않는, 기억할 수 없는 곳이지만, 마치 포근한 어머니 품속처럼 와 닿는 이 아늑한 느낌은, 아마 내가 아주 오래도록 여기서 살면서 맺었던 가늠하기 어려운 깊이의 인연처가 아니었던가 싶다.

그러기에 이토록 마치 고향산천에 몸을 뉜듯 편한 게지. 지금쯤 아침해는 바다를 헤엄쳐 나왔는지 모르겠다.

소들이 뿔나면

　소!

　6,70년대 우리 어린 시절에는, 너희들이 사람 목숨보다 더 귀하게 대접을 받았던 때가 있었더란다.

　그런데 시방 너희들의 신세가 왜 이리 되었느뇨?

　우리 한국 사람들에게 너희들은 그야말로 한 가족이었더니….

　집안에 사는 다른 많은 짐승들 중에서, 유독 너희들만큼 사람을 닮고 희생적인 존재가 어디 있었더냐?

　덩치가 제일 커서 미련스럽기는 하여도 참 정이 많은 너희들이었다.

　팔려간 새끼를 애타게 그리워하며, 밤새 마굿간을 서성이며 애절하게 울면서 그 큰 눈에 눈물을 흘리는 짐승이 너 말고 누가 있었더냐?

어디 울기만 한 짐승이었더냐. 암소 뒷꽁무니에서 암내를 맡고 고개를 하늘로 쳐들고는 허연 이빨을 드러낸 채미소지을 줄은 또 몰랐던가.

뭇 짐승들이사 먹이를 앞에 두고 다투지 않는 놈들이 없었지만 어디 너희들은 그럴 줄도 몰랐다.

좁쌀 한 톨이라도 남보다 더 먹기 위해 쪼아대는 닭대가리들, 내 자리를 더 차지하기 위해 등겨 탄 구정물통에 앞발을 넣은 채로 주둥이 박치기를 해대며 꿀꿀대는 도야지, 자기 밥그릇에 손 하나라도 대는 이가 있다면, 그가 비록 주인일지라도 으르렁거리는 개같은 짐승들.

그러나 너희들 소는 아무리 배가 고파도, 먹이를 대하는 태도가 그런 쫌생이들처럼 게걸스럽지가 않고, 다투기는커녕 내 자리마저 슬몃 비켜주기까지 하니 참으로 천성이 순박하기 이를 데 없는 중생이 아니더냐.

평생을 사람과 더불어 살면서, 논밭갈이로 상머슴 보다 더 힘들게 농삿일을 하고, 새끼 쳐서 아들, 딸 기성회비랑 혼수 밑천으로 보탬을 주다가 수명 다하면 머리부터 발끝까지 살이며, 가죽, 뼈다귀까지 몽땅 하나도 남김없이 바치니 그야말로 인간들에게는 만고에 충성스런 중생이었다.

그런 너희들이 이제는 비좁은 우리 안에 갇혀 선채로 그저 갖다주는 사료만 먹다가, 한갓 인간들의 먹거리만으로만 전락하고 말았구나.

인간들의 입속으로 살코기며, 우려낸 국물로 사대(四大)가 흩어져 버리는…

오늘날의 너희 소들은 더 이상 암내를 맡고 웃을 일도 없고, 유달리 큰 눈을 껌뻑이면서 새끼 등을 쓰윽쓰윽 핥을 일도 없으며, 푸른 풀밭에서 싱그런 풀을 뜯다 아무렇게나 똥을 쌀 자유마저 박탈당한 채 살다 죽어 갈 너희 소들이여!

그런 너희들에게 예전에는 들도 보도 못한 괴상망측한 광우병이라는 굴레를 씌운 채, 지금 이 땅에는 경천동지할 분노가 솟구쳐 오르고 있다.

수(壽)를 다한다면 이, 삼십 년은 살 너희들이건만 그 십분의 일 밖에 되지도 않는 삶으로 마감을 서두르는 우리네 인간들이 얼마나 밉고 저주스러울까? 저들의 욕심으로 강제로 맛없는 동물성 사료를 먹여 흉측한 병이 들기 전 어린 나이에 도축을 해대니 말이다.

두렵구나. 이런 인간들의 잔혹함을 벌하기 위해, 너희 소들이 언젠가 뿔이 나서 닥치는 대로 뿔로 들이받는 그런 세상이 오지는 않을까 싶어서 말이다.

넋두리

예수님이 그랬나요?

'들에 핀 꽃을 보고, 하늘을 나는 새를 보라'고…

천지동근(天地同根)이요, 기연일체(己然一體)이며, 자타불이 (自他不二)입니다. 자연은 자연 그대로 가만히 놔두는 것이 진정한 자연사랑이지요.

자연에게 인간은 가슴(사랑)이 아닌 생각과, 의도가 개입 하는 순간 자연은 순수 본연의 자연을 훼손당하고 맙니다.

간척으로 사라져버린 서해안 갯펄이 그렇고, 하류에 부 유물이 비누거품처럼 떠다니며 쥐들의 서식처가 돼버린 청계천이 그러합니다.

진실로 자연에 대해 자비를 품고 산다면, 더 이상 대운하 같은 허깨비들이 보일리가 없을 것입니다.

도회에서 사는 사람들, 가끔은 빌딩숲을 벗어나 꽃향기를 맡고 새들도 보면서, 흐르는 냇물에 찌든 마음도 헹굴 여유를 가져야 겠습니다.

이천곡(梨川谷)-배내골에서의 봄날 하룻 밤, 일상을 벗어나 보다 더 높은 어디에 따로 고상한 가치들이 존재하지 않음을 알아가는 즈음입니다.

흐르는 곡수의 음률과 산새들의 지저귐, 들이쉬고, 내쉬는 나의 숨결마저도 하나임이 알아지는…

낮은 하늘을 내려온 실비가 가로수를 머리 감기고, 포도(鋪道)속으로 안겨드는 날, 이런 날은 들뜬 가슴 있다 하여도, 저절로 봄비에 젖기 좋은 날입니다.

지천명의 인생고개

벌써 새해 첫 달도 반으로 꺾이어져 가고 있다.

〈무슨 겨울 날씨가 이리도 봄날 같노?〉 했는데, 모처럼 찾아온 세한 강추위가 여간 아니다. 유수같은 세월! 지천명의 인생!

동족상잔의 전쟁이 끝난 직후에 태어나, 어린 시절을 4.19가 뭔지도 모른 채 겪었고, 국민학교에 다니는 형이나 누나들이 우리가 외워대던 〈혁명공약〉을 동요처럼 부르게 했던 쉰살 언저리의 세대, 우리가 초등학교를 다니던 60년대 초,중반의 시절, 대부분의 가정에서는 남의 집 어미소를 길러주고 얻은 바래기 송아지가 집안 살림을 일구는데 제일 으뜸가는 희망이었고, 우리 속 돼지며, 염소도 우리들 부모님의 흰허리를 펴게하는 즐거움이었다. 굵은 감자알보다 더 작은 노랑색 예쁜 저고리를 단체로 주문하여 입고는 잠시도 쉴새 없이 삐약거리는 앙증맞은 병아리 떼가, 앞마당과 텃밭을 종종걸음 해대는 모습도 여느 집에서나 예사로 볼 수 있던 정경이었다.

뭐, 그리 배불리 먹을 것도 없기도 했지만, 돌아서면 배고프던 누구나 가난을 옷처럼 입고 살던 어린 그 시절은 〈저 건너 푸른봉에 구름 헤치고 태양이 솟아오니 어화 새 날이로구나, 살찐 소에 쟁기매어 자(者)는 밭갈게, 지화자 좋을시고 향기가 풍긴다〉 는 노래로 열심히 농사지어 잘 살아보자며, 겨우 희망을 심어주던 시절이었다.

10대 중,후반 우리가 중, 고등학교를 다니거나 가사를 돌보다 객지생활로 전전하던 60년대 말, 70년대 초라고 해서 별반 나을 것도 없었지만, 마을에 전깃불이 들어오고 경제개발5개년 계획이 시작되면서, 〈반만년 오랜 역사 민족 삼천만 구국의 횃불 밝힌 높은 봉화대, 우리는 찬란한 새 역사의 창조자 비가(悲歌)를 모르는 불사조의 날개다〉라는 노래를 부르며, 요원의 들불처럼 새마을 운동으로 타오르면서부터 가난의 때는 조금씩 벗겨져 나갔다.

신작로만 벗어나면 논둑길이나 다름없는 좁은 마을길도 넓히고, 초가지붕이 슬레이트로 바뀌며 지겟짐을 리어카가 대신하는 세월로 변해져가는 동안에도, 북쪽은 1.21 청와대 습격, 울진, 삼척에 무장공비를 남파하여 나머지 반쪽마저 빨강색으로 칠하기에 몰두했으며, 반공방첩이 무엇보다 우선이었는데 학교에서는 항상 나라에 충성하고, 부모님께 효도하는 훌륭한 사람이 되라는 그런 교육을 받고 자랐다.

약관의 20대인 70년대는, 군대생활 기합은 밥 먹는 것처럼 일상의 일이었고, 직장을 다니면서도 〈땡 퇴근〉은 꿈도 꾸지 못하던 청년시절!

장발과 미니스커트 단속, 야간통행금지, 군사독재를 이야기하면서 옆 사람들 눈치 보는 버릇으로 사팔뜨기 눈병신(?)이 참 많았던 시절을 살았다.

이립(而立)의 30대가 되었다고 어디 온전하고 순탄한 세월이던가.

10.26 총성으로 한 시대가 종언을 고하고 화창한 봄인가 싶었는데 짙은 안개 자욱하고, 남녘 어느 곳에서 모진 피바람 스쳐 지나간 뒤 동토의 땅으로 변해버린 80년대, 삼천리 강토가 최루탄 독연(毒煙)에 진저리를 치고 난 뒤에야, 백성이 주인 되는 세상? (과연 그런지는 모르지만) 이 되기까지도 우리들에겐 긴 질곡의 터널 속이었다. 유수의 세월을

따라 흘러 불혹의 40대인 90년대는 원수(?) 같은 자식들의 종살이에 등골이 휘었고, 하루가 멀다 하고 바쁘게 변해가는 문명의 발달에 뱁새 같은 다리로 쫓아가기가 벅차기만 하였다. 자기 할 말 다 하고 사는 아랫사람들과, 그야말로 어떤 일에도 끄떡없는 앞뒤 꽉 막힌 불혹의 윗사람들 틈새에 〈낀 세대〉가 되어 버렸다.

그래도 이 시절에는 집에서만큼은 나이를 큰 벼슬처럼 내세우며 가끔씩 헛기침으로 위세를 부렸으니 다소의 위안거리는 되었다.

그렇게 굴곡진 세월을 고단하게 살아온 날들이 쌓이고, 쌓여 어느덧 지천(知天)을 넘기고 있는 즈음이다.

지금까지는 살림을 불리고, 아파트 평수를 늘리는 것이 인생의 목표인양 여기며 살아왔지만, 이만큼 살아보니 정작 불리고 늘려야 할 내 마음의 평수는 얼마나 될까 궁금해진다.

팍팍한 도회의 인심 속에 물들고 동화되어 심성은 밴댕이속 같이 옹졸해지고, 메마른 정서는 천년의 고사목을 닮아 있는지도 모른다.

진묵대사의 〈하늘을 이불 삼으니 땅은 요자리이고, 산을 베개삼아 누우매 달은 촛불이요 구름은 병풍이라, 바다를 술 마셔 크게 취하여 춤을 추니, 장삼 옷소매가 곤륜산에 걸리네〉라는 싯귀에 김삿갓마저 우러러 보았다는, 선사의 호방함에야 어찌 발끝엔들 미칠까마는 반백의 인생고개를 넘어가는 이즈음부터는 장강을 굽이쳐 흐르는 저 세월의 여울물처럼, 유유한 걸음으로 훠이, 훠이 살았으면 싶다.

2005.1.14.

촛불을 밝히며

    드넓은 우주공간에 떠있는 아름다운 초록별 지구!

    태양을 중심으로 끝없는 회전운동(공전)과 스스로의 몸을 움직여(자전) 건강을 유지하면서 우주의 태양으로부터 에너지를 받아, 자신의 몸 안팎에 살고 있는 헤아릴 수 없이 많은 생명들을 생장 발전시키는 고맙기 이를 데 없는 아름다운 지구별은, 어느 특정한 부류를 위함도 없고, 어느 한 곳의 중생들만을 향한 차별도 없이 오로지 주고받는 행위만 반복할 뿐입니다.

    무한한 우주공간에서, 한 치의 다른 영역을 빼앗거나 아주 작은 다른 물질 하나에도 방해를 주지 않으면서, 묵묵히 자신의 자리를 지키며 끝없는 작용만 있을 따름입니다.

    지구와 마찬가지로 광대한 우주세계, 한 생명체로서의

구성원인 인간!

지구별을 떠나서는 결코 살 수 없는 존재이며, 지구별 속에 함께 살고 있는 모든 유생무생들과 조화를 이루면서 서로서로 돕고 살아가야할 공생들이니, 그들과 더불어 지구 본체와도 둘이 아닌 공체로서의 한 몸입니다.

그러므로 지구가 다치거나 탈이 난다면, 그와 한 몸으로 형성되어 있는 일체 생명들과 더불어 인간 역시도 병이 날 수 밖에 없습니다.

우리 사는 이 땅, 이 지구 부디 탈나지 않고, 더불어 함께 사는 우리의 이웃 모두가 한결같이 평화롭고, 건강하게 살게 되기를 염원하며 지극 간절한 마음으로 내 작은 방에다 촛불을 켭니다.

이 촛불 밝히는 인연으로, 어두운 마음자리 밝아지고 겸손한 마음으로 더욱 낮아지며 이 촛불 밝게 비추는 가운데 맑은 의식으로 깨우쳐지기를…

2005.2.11.

세상사는 이야기

삼월도 어느덧 중순을 넘어가는 여린 봄날, 제법 굵은 빗줄기가 훑고 지나간 뒤의 하늘이 가끔씩 파란 얼굴을 드러내 더욱 청아합니다.

비온 뒤의 맑은 공기가 살갗을 어루만지는 손끝에도 찬기운은 느껴지지가 않을 만큼 봄향기는 사방천지에서 너울대고 있습니다.

따사로운 햇살이 내려앉은 건너편 양옥집 지붕에도, 파도처럼 자동차의 물결이 넘실대는 아스팔트길에도, 병정같이 늘어선 가로수 가지 위에도…

그러고 보니 내 마음 자락 안으로 밀려들어온 봄빛도 콩나물 시루처럼 소복하게 고여 있습니다.

이런 날은 보다 햇살이 맑은 곳을 찾아 조용히 하늘이라도 바라기를 해보고 싶습니다.

　이맘 때 쯤이면 아직은 이른 철이겠지만, 삼삼오오 둘러 앉아 봄나물을 씻으며 하늘위로 깔깔 웃음 날리던 어릴적 동네 새밋가 정경이 그리워집니다.

　지금 생각해보면, 별 시덥잖은 이야기 꺼리에도 고개 젖 혀 함박웃음 날리던 그 시절, 흰저고리 꺼멍 물들인 치맛 자락의 아낙과, 동네처녀들 모습이 자꾸만 눈 언저리를 맴 돕니다.

　자연의 심술에 잠시 때를 잊은듯한 계절이지만, 어느샌 가 들판에 햇살 퍼지면 겨우내 언땅 헤집고 맑은 공기 머 금은 파릇파릇한 새싹이 돋을 것이고, 화사해지는 날씨만 큼이나 싱싱한 봄나물이 지천을 덮겠지요.

　자, 저 푸른 들판으로 달려나가 푸른 새싹들의 합창을 눈 속에 담고 한 아름 봄향기를 가슴가득 안아 보아요. 그리 고 늘 푸른 희망도 품어 보아요.

2005.3.18.

선거유세 천태만상

  아침 출근 시간, 부산 충무동 교차로는 각 후보들의 선거 유세 총 집결장소입니다. 더구나 이곳은 꽤 많은 개인병원들이 있고, 자갈치 시장을 비롯하여 공동 어시장과 충무동 재래시장등이 있어 유동인구가 많으며, 서구청도 바로 인근에 자리하여 부산 서구의 행정, 상업, 교통의 중심지이기도 하고요. 그러다보니 각 후보 진영의 입장에서는 그야말로 출퇴근 시간은 황금어장이나 다름 없어, 목 좋은 자리를 차지하기 위해 이른 아침부터 총 출동하여 총력을 기울이는 지역이고 장소입니다.

  본시 선거유세라는 것이 나는 모두 선(善)이고, 다른 상대들은 불선(不善) 내지는 악(惡)과 가까운 편으로 몰아붙이기 마련이라, 각 캠프에서는 가동할 수 있는 모든 수단을 다 동원하여 최대한의 목청으로 또 마이크 볼륨을 높여서 자기자랑을 하기도 하지만, 상대 후보들의 기세를 누르거나 훼방을 놓는 것도 한 목적인듯 합니다.

각각의 후보 캠프에서 방향별 주요 도로변에다 유세장을 차려놓고는 유행가 노랫말을 개사한 로고송을 최대한 큰 소리로 한꺼번에 틀어 놓다 보니, '태극기 휘날리며'의 전쟁영화 장면이 따로 없을 만큼 그 소음이 극심하더이다. 게다가 홍보용 트럭위에서 내뿜는 운동 연설원들의 목청은 시골 잔칫날 돼지우리 옆의 풍경이 되고, 젊은 아르바이트 선거 운동원들 틈에 섞여서 퍼득대는 짚동 같은 아지매들의 꼭짓점 댄스 또한 가관입니다.

하! 그러나 이를 우짜몬 좋노? 지나가는 시민들의 표정은 한결같이 돌부처인걸! 각 후보 캠프에서야 그들의 무관심에 지푸라기라도 한 번 잡아보자는 심사이겠지만, 삼백 육십 오일 제대로 허리 한 번 펼 날 없는 일반 백성들의 눈에는 그저 있는 놈(?)들의 소일꺼리로 허세부리며 똥폼 재는 꼴로 밖에는 뵈질 않으니… 정치라는 것이 속된말로 하나마나하고, 있으나마나 한 꼬락서니로 전락한 지가 언제 적 일이었는지 만은 이게 또 영 없어도 안 되는 일이고보니, 싫든, 좋든 그래도 그 총중(叢中)에 쬐끔이라도 낫다 싶은 인사가 있거들랑 선택 행사는 해야 하지 않을까 싶네요. 아무리 눈을 비비고 뒤져 봐도 그런 인사가 하나도 없습디까? 그러면 자~ 손오공이 타고 댕겼다는 그 구름 한 쪼가리 잡아타고 달나라 퇴깽이야 방아를 찧든, 말든 우리는 그 계수나무를 동네 정자나무 삼아 신선 놀음이나하러 떠나든지, 아니면 어데 금수강산 풍광 좋은 숲속으로 세상 숨바꼭질을 나서든지 해볼까요.

동심을 그리며

오늘처럼 장맛비가 주룩주룩 내리는 날이면, 어릴 적 어머니가 만들어 주시던 부침개나 수제비를 먹던 생각이 절로 난다.

초가지붕 처마 끝에서 똑똑 떨어지는 낙숫물의 리듬 속에 하나, 둘 일없이 세어보던 어린 시절!

어머니 손끝에서 부쳐져 나오던 부추파전이랑, 감자전, 그리고 고추전등 고소한 부침개 내음이 풍겨 올 때면 우리들은 대청마루에서 어린 제비새끼들처럼 호호거리며 입가에 군침 흘리던 정경이 먼 기억 저 편으로부터 아련하게 떠오른다. 부침개 - 일명 빈대떡!

가난한(貧) 사람(者)들이 먹는다 하여 빈자떡 - 빈대떡이라 이름 붙여진 부침개, 텃밭에서 갓 따온 풋고추랑 파, 부추등을 묽은 밀가루 반죽으로 부쳐 먹던 맵쏘름한 맛은 그렇지 않아도 늘 가난한 뱃속을 요동치게 했다.

그리고 수제비! 원래 손(手)으로 접는다는 뜻의 '수접이'에서 생겨나온 말의 수제비! 시골 우리 집에서는, 수제비란 말 대신에 밀제비라 불렀는데 밀가루 반죽을 납작하게 접어 편 다음, 끓는 국물에 손으로 하나하나 뜯어 넣어서 만들어 먹었다하여 밀접이 - 밀제비가 되었지 싶다.

김이 모락모락 피어오르는 수제비 사발그릇이 놓인 둘레상 앞에서 바라보는 사립문 밖 나락 논에는 푸른 나락잎들이 주룩비에 머리를 감고, 안산 솔숲에서는 꽥!꽥! 비에 젖은 깃을 털며 홰를 치는, 꿩 울음소리가 빗줄기를 타고 들려온다. 수제비에 듬성듬성 썰어 넣은 뜨거운 자주색 감자알을 한 입 덥석 베어 물고는 하늘이 노랗도록 혼쭐도 났고, 곁들여 철 맞추어 삶아 먹던 강냉이나 완두콩들이 지금사 무슨 별스런 맛이 그리 크겠는가마는 먹을 것 귀하던 그 시절에는, 아무리 맛없는 음식도 입안에 들기만 하면 천하의 별미가 되어 목구멍으로 넘어가던, 가난이 보편적인 60년대 우리들의 어린 시절! 추적추적 내리는 지루한 장맛비에 부침개 부쳐 먹고 수제비 끓여먹던, 어릴 적 기억이 안개처럼 피어나고, 어느새 뭉게구름으로 솟아오르

며 추억을 더듬는 여린 가슴이 끝없는 동심의 세계로 빠져
드는 어느 여름, 비가 오는 날이다.

2005.7.11.

향수(鄕愁)

  향수란, 누구나 불변하는 고향의 이미지를 가슴속에 품고, 한 평생 살아가면서 일으키는 아련한 향기이다.

  그러나 불변한다 하지만, 이 세상에 변하지 않는 것이 어디 있으랴.

  기억의 창고에 저장된 고향산천도, 동무들도 막상 고향을 떠나는 순간 가슴속에만 남아 있을 뿐, 현실적으로는 존재하지 않는 허상이다.

  그것은 비단 고향을 떠난 사람들만 그런 것이 아니라, 그곳에서 살아가고 있는 사람들에게도 고향은 시시때때로 변하고 사라져간다.

  출향 중에 고향이 생각키는 것들 중에는, 우연히 길에서 고향사람을 만나거나, 동창회나 향우회 같은 모임을 알리는 안내장을 받아들 때는 당연한 일이지만, 늦은 밤 창 너머로 보이는 먹빛 산을 바라볼 때나 청국장 내음 피어나는 식탁에서 숟가락을 놓다가도 불현듯 생각이 나고 긴긴 겨울 밤 하루의 고단한 몸을 뉘는 포근한 이부자리속에서도 고향생각은 피어난다.

그러고 보니 고향은 우리에게서 멀리 떨어진 것이 아니라, 바로 생활 자체인지도 모른다.

우리들, 한 번이라도 고향을 떠나 본 적이 있는가.

지금처럼 삭풍이는 추운 겨울 밤이면, 더더욱 향수병에 몸살 앓는 나는 깊은 밤 휘영청 밝은 달이 하늘을 비추니 첩첩한 심처엔 향수가 깊기만 하다.

그래서 산천을 베개 삼고, 구름을 이불 삼던 삿갓 어른은 "달 희고, 눈 희어 천지가 희고, 산 깊고, 밤 깊어 나그네 근심만 깊다."며 그토록 심하게 향수병을 앓았는지도 모른다.

옛 어른들 하나, 둘 귀천하는 즈음에는 더욱 ….

나는 누구인가

제행무상(諸行無常)!

이 세상에 사라지지 않는 것은 단 하나도 없습니다.

〈생겨남〉의 영원한 짝은 〈사라짐〉입니다.

우리의 몸도 그러하지만, 모든 생명체의 몸은 끝없는 과거를 응축하여, 한 치의 에누리도 없이 오롯이 담고 있습니다.

따라서 미래를 함축하고 있기도 하겠지요.

그러면 이러한 응축성을 책임지고, 관장하는 주체는 과연 무엇일까요?

〈마음〉입니다. 마음은 모든 존재의 씨앗이고, 몸은 그마음이 키워낸 열매입니다.

그러므로 몸의 진보(화)란 마음이 옷을 갈아입는 것과 같은 것이지요.

우리들의 생각과 행동 또한 마음이라는 공장에서 만들어내는 생산품입니다. 비록 그 생산물이 공장의 모든 것을 전부 나타내 밝혀 주지는 못하더라도 그 공장이 무엇을 만들어내는 곳인지 당시의 여러 상황들을 알려줄 수 있듯이, 우리의 생각이나 행동이 우리 마음의 모든 것을 말해주지는 못하더라도 현재의 상태를 알려줄 수 있는 것처럼…

마음은 또한 여행자와 같아서 여행의 목적이 이루어질 때까지, 끊임없이 옷을 갈아입으며 여행을 계속할 것입니다.

불가사의!

보통의 평범한 사람들 대부분은 이러한 몸뚱이를 스스로의 뜻대로 끌고 다니지 못합니다.

주인인 마음이 몸뚱이를 뜻대로 부리기는커녕, 오히려 거꾸로 질질 끌려 다니고 있지요. 나를 끌고 다니는 나의 참주인은 누구일까요?

나는 대체 누구일까요?

2004.10.7.

걸림 없는 길

한바탕 큰 바람 휘몰아치듯, 출렁이던 한가위 거센 물결에, 시간의 흐름선을 따라 돌던 9월도 영겁의 수레에 실려 떠나고, 희미한 수레바퀴 흔적 따라 풍요롭게 몸불린 시월이 텅 빈 구월의 빈자리를 채운다.

북녘으로부터 진즉에 단풍소식 들리더니, 오는듯, 마는 듯 휘청걸음으로 다가와 가을 하늘을 맴도는 따가운 햇살, 억지 부리는 남쪽 바닷가에도 갯내음 실어나르는 해풍의 등살에 수목 밑둥은 조락의 풍경이 역력하다.

조석으로 찬 기운이 옷깃에 스미고, 한낮에 머무는 철모르는 기온에 갈피 못잡고 허둥대는 육신이 혼란을 감당키 어려운 계절이지만 농익은 가을 한 복판이라 좋긴한데 하늘이 푸른 만큼 높이 떠 있고, 바라보는 마음들도 더불어 푸르렀으면…

삼라만상 어느 것 하나라도 무상함을 비껴가기는 어렵고, 세상만사 세월 따라 모양 바꾸는 것이 평범한 진리, 당연지사이지만 형태 없는 명절 미풍양속 마저도 속절없이 무너지고, 사라지니 휑한 가슴에 가을바람 더욱 스산하다.

살아온 걸음들이 바쁘기만 했던 세월, 앞만 보고 달려온 지금에사 문득 뒤돌아보니 아득한 천리 먼 길, 뜀박질 속에 놓쳐버린 아쉬운 시절을 되돌릴 수 없어 안타깝기에 이제부터 가는 길 일랑은 천을 떠도는 구름처럼 자유롭게, 스쳐 지나는 그 무엇에도 눈길 뿌리며 황소처럼 터벅터벅 그리 가려네.

2004.10.12.

나뭇잎 사연

나는 나뭇잎이고 싶다.

잎사귀가 된 나는 영양분을 채집하는 땅속 뿌리가 한없이 고맙고, 알맞은 온도로 비춰주는 밝은 햇살도 고맙다.

겨우내 가는 나뭇가지 끝에서 초롱한 겨울눈을 움 틔우고는, 수정보다도 맑은 상고대를 만들어 내고, 백설의 하늘꽃 설화도 피워 낼 것이다.

인동의 긴 시간을 지나는 길목쯤에서, 봄기운이 삼라만상에 번질 때, 참새 혓바닥 만큼이나 작은 잎새로 돋아나 수줍은 봄햇살을 받고, 영롱한 봄비에 얼굴도 헹구며 연둣빛 고운 빛깔로 단장을 하면서…

초록이 점점 여물 무렵,

벌나비, 춤사위 부러움에 아지랑이 너울속으로 마음을 실어보고, 종달새 노랫소리를 따라 하늘 위로 빈 날개짓도 해본다.

녹음이 무르익는 계절,
심술궂은 땡볕이 요란을 떨고 태풍의 횡포에 몸서리도 치지만, 고통의 시련만큼 성숙함을 불리어 무성한 그늘을 드리운 내 발치에는 여름의 군상들이 늘어나고 있다.
도톰하게 살을 불린 우리 옆에는, 망사 치맛자락을 펄럭이는 잠자리 떼가 집단 곡예비행을 펼치고, 시원스레 목청을 뽑는 매미들은 시상도 없는 콩쿠르를 열기도하니 그래서 더욱 신이 나는 이파리들의 여름!

푸르름이 색을 떨치고 만색으로 변할 때, 내 몸이 선홍빛 단풍으로 물들 무렵이면 내 다른 벗들도 온갖 빛깔로 단장을 한다.
그리하여 불을 좇는 나방처럼, 가을이 온통 불붙는 산으로, 산으로 사람들은 또 몰려들고….
여름내 꽃이 되고 싶은 우리, 춘향의 푸른 정절을 닮고 싶은 우리들은 마침내 논개의 핏빛 순절을 따라 하늘로,

물속으로 지는, 우리들의 마지막 변신은 거룩한 조락으로 승화된다.

내가 어느 나뭇가지의 잎으로 오기 전, 내 본래의 고향 땅 그곳으로 되돌아가는 발자국만 남긴 채…

봄, 여름, 그리고 가을 동안, 나와 더불어 살아온 나무의 뿌리, 줄기와 가지, 귀향의 열매들, 그리고 이미 지고 만 꽃잎들과의 이별은 사라짐의 허무와 통곡이 아니다.

꽃잎이 먼저 간 자리, 생살 털어낸 발밑에서 우리는 환생의 거름이 되어 다시 만난다.

잎새를 떨궈내고 우두커니 선 나무는 긴 겨울 눈서리 얼어붙은 땅속에다 시린 발 묻고 선 채, 엄동의 삭풍을 홀몸으로 막아낼 것이다.

부토가 되어 언 발 껴안는 우리들의 정성을 저들 빈 겨울 나무인들 어찌 모르랴.

2005.10.27.

만추(晩秋)

가을이 깊어 갑니다.

아직도 성성한 푸른 잎은, 자신의 강인함을 뽐내지만 남보다 먼저 가을을 타는 나뭇잎들은, 선홍과 노랑, 보랏빛 색향을 남기고 스러집니다.

저렇게 남은 숨을 마저 떨구어내는 낙엽은 발길에 밟히고, 바람에 휩쓸려 어디로 갈까요.

단풍!

저들은 마지막 가는 길에 왜 저리도 화려함을 치장하는지 아마도 지난 한 생이 퍽이나 그리운가 봅니다.

조석으로 이는 제법 차가워진 바람이, 아파트 베란다 창문 틈새를 밤새 기웃거릴 즈음 경허스님의 참선곡이 생각킵니다.

"홀연히 생각하니 도시 몽중이로다,

천만고 영웅호걸이 북망산의 무덤이요,

부귀문장 쓸데 없다 황천객을 면할소냐.

오호라, 나의 몸이 풀잎의 이슬이요,

바람 앞의 등불이로다."

이토록 존재의 모습은 애처롭습니다. 만추의 저 가을나무처럼 말입니다.

이제 곧 산은 자꾸자꾸 야위어 갈 것입니다.

무성했던 여름날의 모습을 벗고, 산은 수행자처럼 그렇게 단촐하게 하얗게, 하얗게 비워내겠지요.

그러나 아닙니다. 어쩌면 버림으로써 채워지는 충만함을 몸으로 가르치는지도 모릅니다. 세상 사람들이 모두 걸림 없고, 장애 없는 둥그런 마음, 그런 마음으로 늘 풍요로운 이 가을이었으면 참 좋겠습니다.

추억의 가을걷이

초여름의 싱그럽던 초록빛으로 약동하는 뭇 생명들의 몸짓 뿐만아니라, 삼라만상에 깃든 영혼들까지도, 맑게 헹궈주던 그 푸르던 들판이 가을햇살에 눈부신 선홍의 단풍과 억새 잎사귀에 물드는 노을처럼 아름답게 누워있다.

모든 것을 비워낸 채 쉬고있는 들녘정경!

논이며, 밭에서 거두어들인 알곡들이 흰 볕살에 몸을 맡기고, 비바람, 모진 날들을 견뎌낸 저 벌판은, 품안의 자식만큼이나 보배로운 것들을 남김없이 나누어 준 채 빈몸으로…

묵묵히 할 일 다한 이의 모습처럼 고요하게 물드는 빈 들녘은 또다시 한 해를 준비하는 숨을 쉰다.

얕은 논둑 넘어 실개천변에서, 동트는 새벽을 좇아 물안개가 피어오를 때 졸졸졸 속삭이는 냇물의 지저귐을 엿듣고, 동산위로 얼굴 내미는, 기운 꺾인 늦가을 햇살에, 꽁무니 감추는 아침이슬의 눈 흘김을 엿보기도 하는 텅 빈 들녘의 모습을 그리며 지난날의 추억을 거두어들인다. 농부들의 가을걷이처럼….

지루한 여름과 긴 겨울 사이에 웅크린 짧은 이 가을은, 처음부터 단명의 운명을 타고난 것인지 늘 아쉽기만 하더니, 힘들게 맺은 알곡과 열매들을 다 나누어주고, 퇴색의 마지막 남은 잎새들 마저 땅으로 되돌려주는 저 논밭 들판과 숲속 나무들이 숭고하리만치 아름다운 것은, 갈래 짓고 구분하여 내 것으로 만들기에만 욕심 부리는 우리네 인생들에게 나누고, 비우라는 무언의 가르침을 몸소 보여주고 있기 때문이 아닌가 싶다.

가진 것 남김없이 모두 털어내고 떠날 채비하는 저들을 보며, 나도 저렇게 유형의 물질들 뿐만 아니라 가슴바닥에 달라붙은 욕심 한 조각이라도 떼어낼 수 있을까 헤아려본다.

그렇더라도 세월의 수레에 얹혀 떠나는 이 가을이 이대로 멈추었으면 하는, 부질없는 욕심을 또 어찌 할 수 없다.

가을이 떠나간 빈자리에는 또다시 엄동의 설한 삭풍이

찾아올 것이 싫기도 하지만, 내 육신의 나이테가 하나 더 늘어나는 것에 대한 서글픔 때문인지도 모른다.

그러나, 이러한 자연의 순환에 따라 익숙하게 살아온 지난 세월의 흔적들을 보면, 마냥 회한에 잠길 일만도 아닌 듯하다.

때맞추어 살다보니 육신의 변모만큼이나 우주만유보다 더 광활한, 저 마다의 마음 곳간에다 삶의 여유와 너그러움 지혜와 더불어 맑은 영혼들을 넘치도록 채워 담아두었기 때문이다.

다람쥐의 겨우살이처럼, 남은 생에는 그 곳간의 양식들을 알맞게 꺼내어 쓰고, 옆도 보고, 이웃도 챙기며 그렇게 살다보면 오는 봄을 준비하며 잎새 떨궈낸 저 가을 나무들의 지혜처럼 비움으로써 한결 넉넉해지지는 않을까 싶다.

2004.10.28.

그리움

우리가 살아가는 동안에 만나고 헤어지는 일들이야 어디 한 두 번뿐이겠는가.

그런데도 이별 뒷자락을 서성이듯 머무는 이 그리움은 어디서 오는 것일까? 내 고향 안산마루에 올라 빙 둘러 금 그어 놓고 내려다보면, 외로 감은 한 눈에도 다 들어오는 한가로운 산마을 초가동리!

터잡은 자산골 뒤편으로 양쪽 산 기슭에다 돌을 쌓아 조산(造山)하여, 숲실 골짜기로부터 불어드는 북풍한설을 막고 마을 정기도 지켜내며, 동구밖 들(등)머리 개울가 논둑에도 조산으로 바깥 잡기운을 다스렸다.

누백년을 이어온 한촌(閑村)에서, 꼴 베고 나물캐던 우리 어린시절은 머리 들면 파란하늘이 얹혀있고, 사방으로 둘러친 산들이 감싸듯 자리튼 양지바른 산자락에 옹기종기 얼굴 맞댄 채로 돌담장을 타고 넘는 인정들이 참 푸짐하기도 했었는데….

물 같은 세월 따라 산지사방 흩어져 떠난 벗들, 반백 중년의 힘든 고갯길로 다시 또 한 해를 걷다보니 벗겨지고 변색한 머릿결이지만 그예 한결 정답고, 세월의 묵은 이끼 담은 주름살이 더더욱 살갑더라.

연륜이 더하면 겉모습 따라 마음 또한 넉넉해져서, 작은 것은 눈 밖으로 넘겨두고 좋은 일은 널리 알려 축하하며 궂은 일 있다하면 피붙이처럼 살필 벗들이기에 하룻밤 한나절이 토끼꼬리 같은 시간이더라.

만나기 전의 아지랑이 같던 설레임이 헤어진 뒤에 구름처럼 피어오르고, 파도처럼 쉴새 없이 밀려드는 이 그리움의 씨앗을 예쁜 화분에다 정성껏 심어 놓으면 내년 가을 이맘때쯤에는 어떤 모습으로 피어날까?

차라리 늦가을 저 파아란 하늘위로, 흐르는 바람결에 실어 올려 하얀 구름밭에서 탐스럽게 열매 익어 그리운 벗들 가슴, 가슴에 떨어져 안긴다면, 저마다의 품속이 넉넉하고 풍요로워져서 시름 한 자락이라도 고이고이 펴졌으면….

2004.11.3.

고향에 살으리랐다

　지금 우리가 사는 이 세상은 곧은 생각과 정신이 바르지 않으면 스스로 죽는 줄도 모르고 죽어가고 있는 세상이다.

　방부제를 바르고 덮어쓴 수입 식료품, 뱃속에 납을 넣어 체중을 불리기도 하고 고운 물감으로 때깔 좋게 화장시킨 생선, 사육사료가 얼마나 독했으면 소가 미치지 않을 수 없었을까?

　그런 수입 쇠고기를 사먹었으니 그야말로 비싼 돈 주고 사약을 사먹은 꼴이니 어찌 지금 살아있다 하여 산목숨일 수가 있겠는가.

　자고로 인간이라면 먼저 사람의 도리를 알고, 땅의 도리를 알며, 하늘의 길을 터득하며 살아야 할텐데…

　산목숨 뱃가죽을 뜯기고 찔러 박힌 호스로 뱃속 쓸개즙

을 인간에게 강탈당하며 고통으로 죽어가는 우리속 반달
곰.

내 몸에 좋은 것만 알았지 그 처참한 모습의 검은곰이 인
간을 향한 저주의 눈빛과, 그 액에 담겨진 독기를 헤아리
지 못하는 어리석은 중생들이 참으로 가련키는 하다마는,
내생(來生)의 과보를 어찌 다 감당할꼬?

마음에도 무게가 있는지, 가슴을 짓누르는 이 무게는 한
일천근?

더불어 생각에도 부피가 있다면, 그림자 드리운 자리가
족히 몇 만평은 되지 싶다.

에이- 아서라.

차라리 가을 막바지 무게 줄인 가지에 걸린 바람소리와,
떨어져 쌓인 낙엽 뒹구는 소리 들으며 만추의 숲속 오솔길
을 찾아들어 내 본래의 고향 자연속에서 묻혀 살리.

2004.11.19.

우리 떡 예찬

나는 떡보라는 별명을 갖고 있다.

물론 떡이라면 그 종류를 가리지 않고 맛있게 잘 먹으니 자연 그런 별명이 붙었겠지만, 나이가 어느 정도 든 지금은 그 전보다 먹는 양은 현저히 줄어들었어도 여전히 떡을 좋아하는 것은 나이와 상관없이 한결같다.

어렸을 적, 설 명절이 가까워지면 동네 방앗간은 진풍경이 벌어진다.

떡국을 끓여먹을 긴 가래떡을 찌기 위해 하얀 떡쌀을 담은 대소쿠리나, 양은 대야 같은 그릇이 방앗간 앞마당에 줄지어 섰는데, 매운 바람이라도 휙 불어올라치면, 떡쌀그릇을 덮은 보자기가 펄럭 춤을 추고, 차례를 기다리다 지친 어떤 아주머니는 추위에 발을 동동 구르면서도 길게 하품을 해대기도 하며, 동네 꼬맹이들은 어찌해서라도 떡 한 쪼가리 얻어먹어 볼까하고 이리저리 왔다 갔다 하면서 요리조리 눈치를 살살 보는데, 그러다가 어떤 심덕 푸근한 아지매가 뚝 떼서 건네주는 손가락 길이만한 가래떡을 얻기라도 할라치면 고맙다고 넙죽 절하고는 방앗간 앞마당을 패내키 뛰쳐나온다.

그러면 옆에 같이 있던 아이들은 또 떡을 받아 쥔 그 아이 뒤를 쫓아가면서, 손가락 한마디 크기만이라도 한입 달라며 애처롭게 사정을 하는 풍경을 연출한다. 어쨌든 명절 하면 가장 먼저 떠오르는 것은 푸짐한 떡이 아닐까 싶다.

요즈음에야 먹을 것이 너무 흔해서, 그때처럼 떡 먹을 사람도 별로 없는 시절이고 보니, 어렸을 적 그런 광경도 이미 자취를 감춘 지 오래고 한낱 추억으로만 남아있어 서글프기 그지없다.

그런 떡은 우리에게 단순한 먹거리로만 여겼던 것은 아니었다.

아기가 태어나 첫돌을 맞이할 때나, 결혼할 때, 또 제사를 지내거나 고사를 올릴 때, 경사스러운 일이 생겼을 때나, 이승을 떠나 흙으로 돌아갈 때 등 우리들이 세상을 사는 동안 기쁨과 슬픔, 어떤 간절한 바램이 있을 때 함께했던 각종 의식의 상징물로 그 존재가치를 더했다.

떡의 종류도 너무나 다양해서 백설기는 첫돌맞이 아기가 밝고 올바르게 자라기를 바라는 뜻이 담겨있고, 수수떡은 붉은 색을 싫어하는 귀신의 범접을 막고 무병장수하라는 기원을 담고 있다고 한다.

특히 내가 좋아하는 인절미나, 찰떡은 차진 음식이다 보니 끈기 있고 단단한 심기를 갖추기를 바라는 뜻이며, 무지개떡은 아기의 무궁무진한 꿈이 무지개처럼 오색찬란하게 성취되기를 염원하면서 돌상에 올렸던 것이다.

그런데 떡마다 고상한 뜻이 담긴 이런 떡이 우리 주변에서 제대로 대접을 받지 못하고 찾는 이가 점점 줄어들고 있어서 참 서글프다.

떡의 존재의미가 퇴색해가는 것에 비례하여 우리네 사람과 사람사이에 오가는 인정도 메말라 가는 것과 같아 더욱 그러하다.

어려서 어머니랑 누나들이 따끈따끈하게 쪄낸 인절미를 알맞은 크기로 썰어서 노란 콩고물을 돌돌 굴러 입힐 때, 옆에서 군침을 삼키며 지켜보고 있으면 어머니가 그 중 하나를 슬쩍 주시는데 빨리 먹고 싶은 마음에 한 볼때기 덥석 입안으로 집어넣었다가, 입 안 가득 달라붙어서 떡을 떼어내느라 얼굴을 찡그리며 애를 먹기도 했다.

우리의 떡은 이렇게 잔치나 통과의례 때 비는 기원의 의미 말고 영양학적으로도 꽤나 그 효용가치가 높은 음식이다.

인절미에 입힌 콩고물만 해도 콩의 단백질 성분이 상당히 높고 인절미의 당질과 함께 섭취할 수 있으니 얼마나 건강에 좋은 음식인가.

그런가하면 봄철에 해먹는 쑥떡만 해도 제철에 나는 신선한 재료를 취해 만들었으니 균형 잡힌 영양섭취에 더없이 좋지 않은가.

이런데도 오늘날 우리는 떡을 멀리하고 있다.

돈만 주면 때와 장소에 별로 구애받지 않고 얼마든지 살 수 있는 각종 과자류가 널려있고, 밀 농사를 짓지 않아 밀가루도 수입해 쓰는 나라에서 빵을 아침 식사대용으로 삼는 사람들이 많다고 하니 참…

입맛이 변하면 정신도 변하기 쉬운 법인데, 콜라나 햄버거, 샌드위치를 찾는 사람들을 보면 참 안타깝다는 생각이 든다.

시루떡, 절편, 인절미, 송편, 쑥떡…

말만 들어도 얼마나 정겨운 우리들의 전통음식인가.

온고지신(溫故知新)!

내가 떡보라서 떡을 예찬한다고 꼭 고리타분한 생각만은 아닐 것 같은데…

고향마을에 숨 쉬는 향수의 땅 이름

　내 고향마을의 본래 지명은 자산이고, 지금은 하신(下新)으로 일제 강점기 때부터 한자말로 고쳐 부르는 이름인데 본래 터는 창터라는 야트막한 양지바른 언덕바지였다.

　그리 많지도 않은 가구 수로 옹기종기 모여 살다가 지금의 평지(平地)아래(下)로 하나 둘 이사를 내려와 새로(新) 형성되었다하여 그렇게 개명되었는데, 이 마을터를 중심으로 사방이 산으로 둘러싸여 있어 자연적으로 산골짝 골짝마다 각각의 고유한 이름들을 갖고 있다.

　오래 전부터 이 터를 살다 간 조상들로부터, 구전(口傳)되어 내려온 그 지명 하나, 하나마다 붙여진 이름들을 순전히 나의 뇌피셜로 엮어보면서 스스로 많은 것들을 느끼게 되었는데, 향촌을 살다가 출향한 이들이나, 고향을 굳

건히 지키고 있는 분들이 얼마나 공감할지는 잘 모르겠다.

● 조산배기

조산(造山)은 말 그대로 '산을 만든다'는 뜻이고 ~배기는 ~박이가 ~백이로 되었다가 다시 배기로 말이 바뀐 것인데 ~박이는 물건을 땅에 박는다는 순수 우리말로써, 옛날에는 마을에 잡귀(雜鬼)가 드는 것을 막기 위하여 또는 이정표 역할을 하는 표시로 '천하대장군' '지하여장군' 같은 장승(長丞)을 마을 어귀에 세웠는데, 장승배기는 이른바 '장승이 있는 곳' 쯤으로 해석이 가능하다.

그래서 조산배기도 '조산이 있는 곳'인데 이 조산은 큰 돌무덤을 높게 쌓은 뒤 맨 꼭대기에다 선돌을 장승처럼 우뚝 세웠는데, 이는 탁 트인 개활지(開豁地)에 산을 만들어 세워 잡귀나 바람을 막는다는 의미로 그렇게 한 것이다. 그래서 우리 마을 조상들은 마을 어귀인 들(등)머리 논둑 옆의 개울가와 마을의 북서편인 숲실에서 마을로 들어오는 작은 들논의 동서 양쪽 산자락 등 세 곳에 각각 조산을 조성하여, 마을 앞뒤로 들이닥칠지도 모를 잡귀의 범접을 막고 세찬 북서풍도 다스리고자 했던 방비책인 셈이다.

그래서 조산배기는 조산을 만들어 세운 자리가 되는 셈이다.

● 당산

마을의 북동쪽에 위치한 야트막한 황토질의 산인데 당산(堂山)은 서낭당(城隍堂)이라 하여 뒷동산 고목에 금색 새끼줄을 두르고 새끼줄에 소원을 담은 띠지를 주렁주렁 매달아 놓고, 개인이나 가정의 액운을 막고자 치성을 드리는 마을의 수호신으로 섬기며 모시는 신목(神木)이었다.

또한 마을에서는 한해에 한번 당산제라 하여 동제(洞祭)를 지내며 한 해 동안의 안녕을 빌기도 했는데, 정확하게 산자락 어디쯤인지는 모르지만 어쨌든 당산제를 지냈던 장소와 당산목이 있었음을 짐작할 수는 있다.

● 낡은 터(날근터)

동리 사람들이 가장 먼저 살기 시작한 터전으로 전해져 오는 지명인 듯하다. 씨족마을의 뿌리였던 운곡과 자산 사이에 있는 야트막한 언덕바지 터인데 앞이 탁 트이고, 양지 바른 곳이라 두 마을이 형성되기 이전부터 이미 이곳에 사람들이 살고 있었는데, 이곳 역시 창터처럼 비탈진 언덕바지여서 농사짓고 물 길어 살림하기에는 여러모로 불편하다보니 하나, 둘 낮은 평지로 이사를 나와, 빈집 터는 밭이 되었다가 지금은 후손들이 조상들의 음택(陰宅)으로 모시는 곳으로 변해가고 있다.

그러고 보니 사람만 인생유전(人生流轉)하는 것이 아니라 살기 싫어 버리고 떠난 집터도 그러하니 참 아이러니하다.

● 가잿골

이곳은 우리 마을에서는 가잿골의 된소리인 까잿골로 불렸는데, 여기는 골(골짜기)이라는 명칭을 붙이기도 어려울 만큼 아주 작은 골짜기다.

비좁은 도랑으로 물이 졸졸 흘러내려오는 곳을 거슬러 올라가다보면 햇볕이 대숲 속에 가려 어두컴컴한 옴팍한 곳에 작은 옹달샘이 하나 있는데 이 샘이 가잿골의 원천이다.

그리도 작은 실핏줄 같은 도랑에 가재가 살아서, 또는 많아서 그리 이름 붙여졌는지는 몰라도 어쨌든 가재와 관련된 지명임은 맞지 싶다.

● 동뫼(메) 터

자산 마을 동쪽에 위치한 독산(獨山)으로서, '산'의 순수 우리말이 '뫼'이니 독산은 '홀로 서 있는 산'곧 독뫼인데, 그 독뫼를 소리나는 대로 적으면 '동메'인데, 거기에 위치를 가리키는 접미사 '터'가 붙어서 동뫼(메)터라 불려져 왔을 것 같다. 산의 동과 서에 실개천이 흐르고, 그 옆으로는 논이고 또 그 논 옆으로 마을과 산들이 감싸고 있는데 남북으로 기다랗게 누워있는 모습이다. 그 모양이 마치 큰 누에가 기어가는 모습을 닮았다하여 누에 산이라 불리기도 했는데…

이 산에 얽힌 전설 한 자락!

먼 옛날 어떤 장수가 말을 타고 가는데 산이 기어가기에 기이하게 여기고 불길한 징조라며 차고 있던 큰칼로 산의 허리를 내려치니 산이 허리를 잘리고 가기를 멈추었는데, 그 장수는 산을 베자마자 그 자리에서 바로 죽었다고 하며 신기하게도 칼에 베인 자리는 늘 습기로 축축하게 젖어있어서 마을 사람들은 그것이 누에 몸에서 흐르는 핏물이라 여겼다고 하는 전설이다.

● 높은 한길

자산의 본동(本洞)이 안동네인데 반해, 그 바깥쪽 신작로에 길게 늘어선 마을이 본동에서 봤을 때는 바깥동네 '저건너 마을'이다.

높은 한길은 일제 강점기 때 생긴 도로(고성-구미간 33번 국도)인데 이 신작로(新作路)가 생기기 전에는 마을과 마을을 있는 길이란 게 넓어야 소달구지 정도 다니는 길이고, 대부분은 들길이나 논둑길처럼 좁은 소롯길인데 새 길을 만들 때 산자락을 넓히고, 돋우고 하면서 그때까지의 길 보다는 위치적으로 높은 곳이 될 수밖에 없었기에 자연 새로 닦은 길이 높다하여 높은 한길인 것이다.

　~한길의 '한'은 크다는 뜻의 순수 우리말로서 대전(大田)이 큰밭으로 한밭이었듯이 한길은 큰길이니 즉 높은 한길은 '높이 난 새 큰길'인 것이다.

　창터와 골새미에 관한 이야기는 이 책속에 '자산골새미의 전설'에 나름대로 기술해 놓았으니 그 글을 읽어보면 되고, 딱밭골은 마을 동쪽 끝에 솟아난 가장 높은 산자락을 이름인데 아마 한지를 만드는 닥나무와 관련이 있을 것이며, '작은 능골'은 그 골짜기를 감싸고 있는 주위 산의 형세가 별로 높지도 않은 작은 능선으로 길게 이어진 곳의 골짜기이고, '등머리'는 마을로 드는 '들머리'의 변형된 어휘이며 '두무(豆茂)골'은 콩이 무성하게 많다는 뜻이라 그 골짝 밭에 콩을 많이 심은 듯 하다.

　이밖에도 한산골, 에칫골(외촛골), 불탄골, 솔치(지)배기, 쎄물(센물)배기, 배실 등 많은 독립적인 지명들이 더 있고,

우리 어렸을적 마을호수(戶數)가 80호 이쪽, 저쪽이지 싶은데 산골마을에 골골이 갈래지어 불리는 지명들이 이토록 많을까 싶다.

지금까지 순전히 나의 개인적인 견해로써, 나이가 드니 점점 더 고향이 그립고 어릴 적 함께 뛰놀던 옛 동무들이 보고 싶어져 이렇게 혼자 뇌까려 보았다.

통영일기(統營日記)

　꾸불꾸불 굽잇길을 달려 도착한 곳은 통영 앞바다에 올망졸망 떠 있는 섬들을 조망할 수 있는 '달아(達牙)공원' 이다.

　저 멀리 동쪽 너머로는 거제도가 희뿌연 구름 속에서 숨 바꼭질을 해대고, 서남간으로 시선을 옮기면 욕지도와 연화도가 연신 물속을 자맥질한다.

　시야를 동남쪽 발아래로 당기니 비진도가 개미처럼 잘록한 허리로 납작 엎드려 있지만, 더 멀리 매물도는 아예 구름을 홑이불 삼아 누웠는지, 바다 속에 매몰되었는지 흔적조차 찾을 길이 없다.

　철썩! 철썩! 쏴르르르… 갯바위를 핥고 물러섰다가는 다시 밀려오는 작은 파도, 저리도 끝없는 반복을 거듭하는 이유는 무엇일까?

통영의 까만 바다 위를 처연하게 깜박이는 등대불이 휘황한 항구의 불빛 속에서 더욱 외롭다. 지금 노저어가는 이 뱃길, 삼면이 바다로 둘러싸인 우리나라에서 가장 아름다운 해상풍경을 자랑하는 바닷길, 이곳 통영의 한산도 앞바다에서 서쪽 여수 오동도 앞바다까지의 삼백리길 한려수도!

1980년 가을에 처음 와 본 한산섬을 27년 만에 다시 찾는 여행길이라 감회가 새롭다. 이십대 중반 총각시절에 갔을 때와 오십 중년에 가면서 느끼는 감정이 같을리야 있을까마는, 예나 지금이나 거울같이 잔잔한 맑은 물결과 스쳐지나는 푸른 섬들이 한 폭의 그림처럼 아름다운 것은 한결같다.

하늘이 높고, 푸른 만큼 이 물빛도 맑으며, 내 마음이 동심의 그것처럼 욕심 없이 맑으면 아무리 험하고 고된, 지난 삶의 세월이었던들 언제나 순수함으로 간직되고 기억될 것이다.

저 바다가운데 외로이 서 있는 거북등대도 예 그대로인데 다만 뱃사공의 노 젓는 손길이 바쁜 것 하나는 변하였다.

배에서 내려 제승당으로 가는 이 길, 산기슭을 따라 **빽빽**

이 서있는 동백과 붉은 해송! 제승당을 올랐다.

전쟁에서 이기는 법을 만드는 집, 제승당(制勝堂)!

성웅 이순신 장군이 삼도수군통제사를 제수 받은 1593년 8월에 한산도에 통제본영을 삼고, 여기에다 장수들과 작전회의를 하는 운주당을 세웠으나, 정유재란 때에 폐허가 되었는데 140여년이 지난 1740년에 제107대 통제사 조경 장군이 제승당이라 이름하고 다시 지은 당우(堂宇)이다.

제승당 동쪽의 수루(戍樓)에 조심스레 올랐다.

멀리 남쪽 한산도 앞바다를 바라보며 1592년 여름을 생각해본다.

그해 7월초, 이순신장군은 인근 견내량으로부터 이곳 한산도 앞바다로 적선들을 유인하여, 일시에 학익진 전법을 펼쳐 적선 47척을 궤멸시키고, 12척을 나포하는 대승을 거두었다.

이름 하여 한산대첩이다. 행주대첩, 진주대첩과 더불어 임진왜란 3대 대첩인 것이다. 그때 왜적은 겨우 14척만 이끌고 패퇴하였는데 이로써 남해안의 제해권을 완전히 장악했던 것이다.

수루에 올라 풍전등화, 백척간두에 처한 나라 걱정하던 장군의 심정을 헤아려 본다.

얼마나 고뇌했을까?

얼마나 외로웠을까?

얼마나 그리웠을까?

얼마나 보고 싶었을까?

어질고 현명치 못한 군주가 얼마나 미웠을까?

그러나 당신의 태산 같은 마음은 남을 미워하기도 하는 이따위 소인배 같은 생각이야 언감생심 단 한 번인들 품었겠는가.

일구월심, 우국충정뿐이었거늘…

장군의 한숨이 어리고 시름이 깊이 배인 곳, 당신의 땀방울이 이슬처럼 스민 이 터에 오늘 나는 여기를 올라 한갓되이 풍광을 즐기고, 당신을 사모하는 시간은 촌음이요, 님을 기리는 마음은 허공에 흩어지는 바람일 뿐입니다. 북쪽 끝에 마련된 충렬사에는 님의 영정이 모셔져 있다.

님 가신지 어언 400여년이 지났지만, 님의 음성 아직도 들리고 님의 숨결 그대로 느껴지는 듯하다.

아! 민족의 위대하고, 거룩한 성웅이시여!

2007년 가을에

고향 무정

　겨울이 오고 있음을 알리는 입동이 지나고, 첫 얼음이 언다는 소설(小雪) 마저 스쳐갔으니 절기로는 어김없는 겨울 초입이지만, 대설(大雪)이 아직 버티고 선 음력 시월 중순은 찬 기운 머금은 늦가을, 고향 산천을 베개 삼아 누운 안락의 선대님들 처소를 찾아 발목을 덮는 낙엽 진 산속 길을 들어섰다. 더러는 미련 버리지 못한 나뭇가지를 붙든 채 찬바람 칼끝에 앙탈 부리는 잎새들도 있지만, 계절의 순환에 또다시 귀향행렬에 휩쓸려 떠나는 저 무수한 낙엽들은 벌써 흙빛으로 색을 바꾸었구나.

　중천을 넘는 해 그림자를 길동무 삼아 나선 시간에 발자국 따라 서걱서걱 고개를 쳐드는 낙엽들의 아우성, 더러는 저항의 몸짓을 보내며 꿈틀대는가 하면, 또 제 어미 발치

에 다져 앉혀주는 고마움에 말없이 엎드리며 절을 하기도
한다.

밤나무 숲속을 헤쳐 나와 산마루에서 내려다본 자산골!

여린 햇살이 내려앉는 한가로운 시골마을의 향기!

그러나 향기 끝에 일렁이는 쓸쓸함의 그림자!

우리 어린시절의 이 계절에는 마을 앞길과 골새미터, 타
작마당과 앞산 개울가에서 온 동네 아이들 떠드는 소리로
요란했고, 툭툭 홰치고 길게 목청을 뽑는 수탉 울음과 개
짖는 소리에 덩달아 점잖은 어미 누렁소도 실없이 새끼 송
아지를 향해 낮은 목청을 전했다.

건너 마을 딱밭골 산등성이 높은 하늘 위로는 하얀 새털
구름이 유유히 떠돌고, 높은 한길 신작로에는 빨간 줄쳐진
완행버스가 뽀얀 먼지를 뒤로하고 덜컹덜컹 굴러갔다.

그런데 지금은 닭울음소리도, 개 짖는 소리도 잦아들고
그렇게 풍성하던 온갖 생동의 몸짓 찾을 길 없더라.

안산마루에서 내려다보던 눈길을 돌려 건너다보는 창터
의 모습!

참깨랑 들깨, 강냉이에 키 큰 수수깡대, 빨간 고추며 콩
이랑 고구마가 온 밭 가득 채웠고, 가을걷이 끝낸 사래 긴
밭을 밀, 보리로 덮었건만, 가난해도 풍요로웠던 들녘 모

습은 간 데 없고, 선대님들 삶터였던 그 창터를 후손들은 공동의 음택으로 다시 또 이어간다.

서산을 넘던 짧은 해가 주홍빛 노을을 남기는 어스름녘 마을로 내려서는 발길, 그 옛날, 지겟짐에 소쿠리 꿰차고 오르내리던 고갯길은, 흘린 땀방울 거친 숨결로 반질반질 닦여져 있었는데 옛길은 흔적조차 없고, 잡초 무성한 가운데 시들은 들국화 잎이 하늘댄다.

비탈길 끝나는 언덕바지를 허리 굽은 할머니처럼 기대 앉은 폐가들!

가잿골 ○○집은 이미 사라져 흔적조차 없고, 허물어진 담장옆에 감나무 한그루만이 휑뎅그레 서 있다. 창터 비알 ⁽탈⁾ ○○집 헛간에는 오히려 빈 지게가 주인인양 비스듬히 누워 있고, 무던히도 들락거렸던 ○○집 작은방 천장은 무너져 내린 흙벽 사이로 찢긴 벽지가 나폴거린다.

차라리 보지 않음만 못하지만 그래도 이곳엔 우리들의 영원한 향수의 모천인 골새미가 있지 않은가! 옥처럼 맑은 그 샘물 한 바가지로 쓸쓸한 기분일랑 싹 씻어 버리려 발걸음 바삐 옮겨 가 본 골새미!

아! 그러나 그렇게 북적대며 왁자지껄 소란스럽던 그 비좁은 새미터에는 때 먼지 찌든 플라스틱 옹박 하나 달랑 얹혀있고, 퍼내도, 퍼내도 흘러넘치던 그 맑은 옹달샘이 고이다시피 겨우 반 쯤 차있는 그 물은 차마…

푸성귀 풋나물 씻어 흐르던 초록빛 새미 도랑물은 새미 옆으로 새어나오는 명주실같이 가는 물줄기가 감나무 잎사귀 떨어져 쌓인 아래로 겨우겨우 이어가고 있었다.

그토록 소란하던 산골마을, 푸근했던 인심들과 정감어린 모습들은 유수처럼, 뜬 구름처럼 흐르고, 또 흩어져 버리고 없었다.

주인의 옷을 벗어든 채, 나그네 몸이 되어 찾아온 지금의 고향정경은 차라리 못 본 체 영원히 가슴속 깊은 곳에 아련한 동심으로 묻어 둘 것을…

고향무정!

그러나 눈앞에 펼쳐진 이 모습들만이 어찌 내 고향의 전부일 수가 있겠는가. 세월 따라 사라지고 변하는 것이 어디 인걸과 인심뿐이랴 만은, 그래도 어릴 적 산천의 모습 의구하고, 영겁을 두고도 잊지 못할 잊을 수 없는 가슴속 동심과 향수가 남아 있는데, 오늘의 허허롭고 쓸쓸한 이 심사도 언젠가는 아련한 추억으로 담겨질 날 있겠지.

시간도 오그라드는 모양인지 올 한 해의 잔 숨이 발치 아래에서 할딱대고 있다. 이제 남은 날들이 비록 노루 꼬리만큼 일지라도 제 고향 뿌 리속으로 한 점 미련 없이 다시 흙으로 돌아가는 저 낙엽들처럼 내일은 또 다른 희망을 잉 태하는 세모가 되었으면….

2004.12.3.

세모(歲暮)의 길목에서

흐르는 세월의 강물에 발 담그고, 저무는 한해를 되돌아본다.

한 해 동안 마음 밭에 심겨진 숱한 상념들이 주마등처럼 스치지만, 희미하게 멀어져간 기억의 편린들 또한 헤아릴 수 없을 것이다.

잿빛 겨울을 덮었던 묵은 때 씻어내듯, 젖은 얼굴의 봄비가 언 땅을 녹일 때 연두색 여린 움들이 땅거죽 틈새로 새악시 수줍은 미소처럼 살몃 고개 내밀기도 하고, 잔설 아직 다 털어내지 못한 나뭇가지 끝에서도 아주 작은 생명의 잔치는 반복의 몸짓으로 꿈틀거린다.

실 햇살 한 두 줌, 보슬비 서너 자락에, 벌 나비 춤사위, 만 가지 꽃 내음이 온 산하에 메아리치고, 종달새 노래 따라 하늘 멀리 번지는 봄의 향연.

　그런 연두색 봄이 몇 번의 나들이에 초록으로 물들더니, 라일락 향기, 요염한 장미의 자태에 살을 불린 녹음은 초여름으로 건너는 늦봄의 나루터를 서성거린다. 먹구름 사이에서 숨바꼭질하던 따가운 볕살이, 두어 번 계절의 길목을 정탐하고는 장마의 군사 앞세워 끌고 온 여름.

　다정한 풀벌레 속삭임에 매미들은 합창의 요란으로 훼방을 놓고, 포탄처럼 퍼붓는 염천의 성화에 나약한 군상들은 나무 그늘로 또 물속으로 지친 걸음을 숨긴다.

　여름은 그 누가 있어 저를 화나게 하였기에 아직 다하지 않은 분풀이를 염천의 십자포화로도 모자라 큰 비바람의 물대포까지 쏟아대지만, 대지에 엎드린 뭇 생명들의 저항보다는 소진해버린 제 기운에 겨워 나동그라진다.

　성냄은 순응보다 어리석은 짓임을 알지 못하는, 저 여름은 바보 같은 계절!

　조석으로 이는 청량한 바람결에 실려온 귀뚜라미 음성, 그들을 앞세운 또 다른 가을의 전령사들은 얼마나 많은 풍요의 교향악을 울려대던가!

　황금빛 들녘과 선홍의 숲이 땅위에서 조화를 이룰 때, 청아한 하늘위에는 철새들의 끝없는 여로가 이어지고, 빈 입인데도 배고프지 않고, 애써 거두지 않아도 넉넉한 계절!

여울져 흐르는 동심의 강물에, 은빛 비늘처럼 퍼득이는 추억들을 염주알 꿰듯 다시 또 소중하게 쟁여 담는 계절도 가을이다.

그 가을마저 소란하지도, 휘황하지도 않게 애잔한 주홍빛 노을을 남기고 서산을 타고 넘는 일락처럼 황량한 겨울 속으로 숨어든다.

한 해 동안의 기쁨과 설움, 반가움과 그리움들을 먹빛 어둠과 순백의 고결함으로 안고 가는 겨울, 가는 것은 다시 옴을 약속하는 일이다.

겨울이 봄을 준비하고, 봄은 다시 생명을 잉태하여 세상 밖으로 키워내듯이… 순환하는 자연은 배반함이 없다.

연기(緣起)의 인과 따라 가고, 옴을 반복할 뿐, 겨울답지 않은 즈음의 이 기후도 겸손을 모르는 인간의 오만에서 벌어진 일, 편리함만 좇아 저지르는 자연에 대한 반동의 행위는 재앙의 종자심기에 다름 아닌데….

자연의 순리 따라 사는 삶은 흐르는 물처럼 막힘이 없고, 스치는 바람처럼 걸림 또한 없음이다.

사철을 구분하듯 변해 도는 이 계절도, 기실은 시작도 끝도 없이 도는 흐름의 연속일 뿐, 하늘을 떠도는 한 점 구름이 모이고 흩어지는 일과 다름 아니다. 이 한해가 저물고 다가오는 새해 역시도 한 가지 이치이지만 요즈음처럼 팍팍한 살림살이들일수록 스산하게 일렁대는 일상의 마음들을 내려놓고, 물처럼 바람처럼 그리고 저 하늘 구름처럼 얼굴에 미소 한자락 펴고 여여하게 사는 그런 세상이 되었으면….

2004.12.17.

송구영신(送舊迎新)

흐르는 물이 끊임없듯이 쉴 사이 없이 흐르는 세월 또한, 붙들어 둘 수가 없으며, 흔적 없이 스쳐 지나는 덧없는 세월을 그냥 보내기가 아쉽고, 안타까운 마음에 어느 한 순간을 베어내어 간직할 수도 없습니다.

한번 가버리면 그 뿐, 뒤돌아봄도 없이 흘러가는 세월의 강물!

한해가 저물고, 또 한살의 나이를 더한다는 것이 일상 일어나는 수의 셈값일 수만은 없으며, 푸른 하늘을 떠도는 흰 구름 한 점이 나타나고 사라지는 것처럼 덧없는 인생.

지천명을 넘는 세월의 바퀴에 감기는 회한의 무게는 천근처럼 얹힙니다.

갑신(甲申)의 끝자락에 매달린 추억과 그리움들 빨간 능

금알 따 담듯, 영겁불망(不忘) 예쁜 세월의 소쿠리에 언제까지나 소중하게 담아두고 싶은 세모의 길목에서, 애잔스레 상념에 젖어듭니다.

어찌 보면 그래도 한해 동안 겪었던 숱한 일들은 웃고, 찌푸리며 살았던 날들이 반반으로 느껴지기도 합니다.

즐겁고 기쁜 마음에, 웃음꽃 흩날리던 날 뒤로 슬며시 다가온 우울한 일 하나, 둘 반가움에 출렁이던 거센 물결이 휩쓸고 간 자리에는 더 큰 그리움의 강물로 채워지고, 염천의 뙤약볕에 진저리치던 여름날 숨 지우니 찬란한 형형의 오색 단풍이 산하를 불태우고, 시린 눈 순백의 이불로 계절을 덮는 날 오듯 그렇게…

늙지도, 젊지도 않은 어중(於中)의 나이인지라 묵은 것과 새로움을 보내고 맞이하는 느낌이 마냥 덤덤 할리야 있으랴마는 한편으로 새롭다는 것은 언제나 푸르고, 기운찬 기쁨이요, 희망입니다.

봄바람, 여름비가 만물을 생장시키고, 가을 찬 서리와 겨울눈이 다시 또 그들을 성숙케 하듯이 늘 순환하여 새로 오는 것은 희망 쪽에 서 있으며, 계절도, 세월도 돌고 돌 뿐 늘 그대로이니 저무는 한해가 허망하다, 회한에 젖을 일만도 아닙니다.

생활이 버겁더라도 그럴수록 인내하고, 혹독한 시련이 옆자리 맴돌더라도 시들거나, 물러서지 말아야겠습니다.

지독한 가뭄이 없었다면, 어찌 단비의 고마움을 알며 매서운 추위를 겪지 않았던들 어찌 매화가 그 향기를 얻을 수 있겠습니까.

푸른 바다가 모든 물을 다 받아들이는 것과 같이, 마음일랑 부디 넓게, 넓게 쓰고 맑은 연꽃이 더러운 곳에서도 물들지 않는 것처럼, 언제나 흔들림 없이 꿋꿋하게 살아야겠습니다.

2004.12.28.

운적사 대적광전 창건 상량문
(雲寂寺 大寂光殿 創建 上樑文)

예로부터 해동에 삼신산(三神山)이 있었는데, 발해 바다가 운데에 있다고 전해져왔다.

발해는, '크게 밝은 바다'라는 뜻인데, 우리나라의 동, 서, 남해의 삼면바다를 이름하는 것이고, 삼신산중의 하나인 방장산, 또는 지리산의 주봉인 천왕봉은 하늘의 왕인 천왕성의 수호신 환인(桓仁)이 계신 곳으로 해가 뜨는 산, 바로 일출천왕봉으로 우리민족의 영산(靈山)이다.

이렇듯, 백두대간 남단 끝자락 지리산의 중허리 영신봉(靈神峰)에서 남으로 낙남정맥이 발원되어 삼신봉과 삼제봉, 옥류봉으로 연기의 기운이 이어지는 산마루에 영겁의 세월 동안 그 신령스러움을 천장지비(天藏地秘)하며 아늑하게 자리잡은 터전이 바로 운적사가 자리하고 있는 고운동이다.

이곳 고운동(孤雲洞)은 신라말의 천하 대문장가 최치원 선생이 은둔수행하며, 무위자연의 경지에 올라 자기완성을 이루고, 선인(仙人)으로 승화한 별유천지(別有天地)의 대법지(大法地)로서 지세는 마치 구름이 머물고 학이 날개를 펼친 듯한 모습으로 봄, 여름에는 신록의 청학동으로, 가을에는 단풍의 황학동으로, 그리고 겨울에는 설화의 백학동으로 불려 지기도 한다.

고운동이 천하대법지임을 고운 최치원선생은 이미 그의 '호중별천(壺中別天)'이라는 시에서 천년후의 발복(發福)을 예언한 것에서도 잘 알 수 있다.

동국화개동(東國花開洞) : 동쪽 나라에 꽃피는 마을이 있어
호중별유천(壺中別有天) : 병속과 같이 별천지가 있다
선인추옥침(仙人推玉枕) : 옥베개를 베고 잠든 신선은
신세훌천년(身世欻千年) : 천년 세상 올 때 몸을 일으킨다.

이곳 운적사가 고운 선생의 예언대로 발복할 시절 운이 도래했음인지 약 40년 전 운적사 토굴에서 정진 중이던 한 수행자가 포행을 하던 어느 날 갑자기 하늘에 먹장구름이 뒤덮이더니 천둥번개가 치고 비가 억수같이 쏟아지는 가

운데, 지금 불사중인 대적광전터에 휘황한 불기둥이 오른쪽에서 왼쪽으로 돌아가면서, 다섯 번이나 굉음이 울렸는데 이는 오행의 조화이며, 비가 그치고 고운동 안산(案山)인 좌청룡, 우백호 지세의 노적봉 자락에 뿌리를 내린 일곱 빛깔 영롱한 쌍무지개가 봉우리를 감싸듯 걸렸으니 이 또한, 천지의 조화이니 바로 이곳이 새 세상을 여는 대법지임을 알리는 징후가 아니겠는가.

그 이후 주지 덕지 스님이 그 자리에 법당을 짓기로 원력을 세우고, 터파기를 시작한 그날 밤, 꿈속에서 마치 삽살개 형상의 신묘한 석물(石物)이 나와서 하는 말이 "수일 내로 이곳 운적사에 세상에서 가장 위대한 성인(聖人)이 한 분 찾아올 것이다"라고 하였다.

그리고 3일이 지난 후, 그 자리에서 신기하게도 꿈에서 본 형상과 똑같은 모양의 신물(神物)이 출토되어 그 신물을 정성껏 손질을 하여 그곳에 세워두었다.

그러던 어느 날 스님이 새벽기도를 하던 중에 하늘에서 오색 창연한 꽃구름이 뭉실뭉실 피어오르는 가운데 돌부처님이 하얀 뭉게구름을 타고 천천히 내려오시더니, 조성중인 법당 터로 자비로운 미소를 머금고, 살포시 좌정하시는데, 기이하게도 꿈에서 성인의 도래를 일러준 삽살개 형상의 그 신물이 부처님을 시봉하듯 옆을 따르고 있는 것이었다.

스님은 그 신물의 소리개가 이 세상 그 어느 누구도 흉내 낼 수 없는 신묘하고 아름다운 노래로 부처님을 공양하며 부처님 법음을 전하는 가릉빈가와 같은 또 다른 형상의 부처님 화현으로 굳게 믿게 되었다. 스님은 그곳에 비로자나 부처님을 조성하여 정중히 모시고 본격적인 불사를 봉행하게 되었다.

스님은 당시 전 종정이신 법전스님께서 주석하시던 수도산 수도암 아랫마을 수도리에서 태어나 자연스럽게 불가와 인연을 맺은 이후, 필생의 소원이었던 부처님 청정도량 건립에 평생의 숙원으로 임했지만, 대작불사를 하는 동안 짐작치 못한 마장들로 편한 날이 없었는데 스님으로서야 어찌 장애가 없기를 바라지 않았겠는가.

불사진행에 오로지 지극한 마음으로 기도정진에 전념하다보니 극심한 육신의 고통뿐만 아니라 주변으로부터 겪는 정신적 고통 또한 이루 말로 다 표현할 수 있었으리요.

'한겨울 모진 삭풍을 견뎌낸 인고의 세월이 없었다면, 어찌 코를 찌르는 매화향기를 얻을 수 있으리요.' 라는 스님의 수행 신념으로 일구월심, 원만불사만을 서원하며 모든 장애를 물리치고 오늘 상량에 이르게 된 것은 오로지 대자

대비하신 부처님의 가피로 여기고 있다.

오늘 창건상량식을 하는 운적사 대적광전은 본래부터 우주 만유에 깃들어있는 영원불변하고, 만물평등의 진리를 본체로 하는 비로자나부처님을 조성하여 모시는 불전(佛殿)이다.

지권인(智拳印)을 하고 있는 비로자나 부처님의 오른손은 부처님 세계요, 왼손은 중생계를 뜻하며 이는 부처와 중생, 깨달음과 미혹함이 둘이 아님을 나타내는데, 온 우주에 빛으로 두루 충만해 있으면서 현상계의 삼라만상 일체가 비로자나부처님의 화현(化現)으로 드러나 있는 것이다.

이러한 대법지 고운동(孤雲洞)에 비로자나부처님 전각인 대가람(大伽藍)을 창건하는 상량식을 거행하게 되었으니 이 어찌 부처님의 가피가 아니겠는가.

첩첩의 산중 그 깊은 골이야 예나, 지금이나 다르지 않고, 높은 산 병풍삼고 구름을 이불삼은 듯 천상극락세계와도 같은 조화로운 풍광에 산천초목마저 춤을 추니, 이곳이야말로 영겁토록 상주법계(常主法界), 항설반야(恒設般若) 법문이 펼쳐지는 참으로 축복받아 마땅한 대가람으로서, 오늘 운적사 대적광전에 솔기둥 우뚝하고 대들보 높이 오르니 천지사방 상서로운 기운이 하늘까지 닿았더라.

이천육백년 전 삼계(三界)의 큰 스승이시며, 사생(四生)의

어지신 어버이로 룸비니동산에서 찬란한 꽃비 속에 인간의 몸으로 오신 석가세존의 탄신 당시 그때처럼, 바야흐로 봄은 무르익어 산속은 온통 연초록물결로 넘실거리고 꽃향기 가득한 춘삼월 호시절에 대들보를 올리게 되었으니, 가히 숙세의 선업(善業)이요, 오늘 이 자리에 동참한 모든 권속들 또한 영겁의 공덕인연으로 맺은 불은가피(佛恩加被)의 선과(善果)라 하지 않을 수 없다.

이제 원하옵건대 오늘, 이 대들보 올린 후에는 이곳에 부처님 말씀 울려 퍼짐에 영일(寧日)이 없고, 상서로운 기운이 청정도량 온누리에 넘치도록 펼쳐지소서.

아침 해 밝아오고, 저녁바람 맑은 곳에 유주무주 이 세상 권속들은 하나같이 평안하고, 저마다 품은 일체의 소원들이 원만하게 성취되어, 행주좌와, 어묵동정, 환희의 불심으로 가득차며 예토사바(穢土娑婆) 사라지고 청정불국토(清淨佛國土)로 이루어져 세세년년 영원하기를 축도하나이다.

佛紀 2556年 윤3月 15日
법남 이우환(法男 李禹煥) 삼가 짓고
허종자(許宗子) 쓰다

큰 스님 발자취 따라
– 한마음선원 대행스님 열반을 기리며

큰 스님!

무르익는 봄 향기 따라 새 동무들이 저마다 생명의 잔치를 펼치는 오월의 끝자락, 아직도 어둠속을 갈팡대며 당신의 옷자락에 매달리는 손길들이 너무도 많은데 이토록 홀연히 가버리시면 저희들 진정 어찌합니까?

그 여리고, 가없은 손길들이 스스로 자성의 불 밝혀 들고 갈 때까지 부디 오래도록 저희들 곁에 머물러 주시옵길 그토록 지극 간절 발원하였사온대, 큰스님 아니 계신 이땅에 저희들은 이제 그 누가 있어 믿고 따르겠나이까?

삼라만상, 두두물물(頭頭物物)이 일체가 다 변하고, 스러지지 않는 것이 없는 줄을 알면서, 어리석게도 당신께서는 영원히 함께 하실 줄만 알고 있었더니 상락정토 옮기는 발걸음을 무에 그리도 바삐 서둘러 떠나셨나이까?

아무리 생사가 구름 한 점 모이고, 흩어지는 것처럼 덧없고, 부질없다 하지만, 너무나도 창졸(倉卒)간에 찾아온 천붕지통(天崩之痛)에 먹먹한 가슴은 숨결조차 멎어버렸더이다.

그러나 큰스님 마지막 가시는 길, 아직도 가슴속에서 당신을 차마 보내지 못하는 구름 같은 무리들이 든 만장(挽章)의 긴 물결이 장강대하(長江大河)를 이루고, 이생에서의 흔적 거두시던 다비장(茶毘場)의 불꽃은 천상극락을 장엄하는 우담바라(優曇鉢羅)가 되어 아름답게 피어올랐더이다.

이제 저희들, 당신께서 육신을 거두는 마지막 순간까지 안간 힘 다해 애쓰신 일구월심, 제자사랑, 자비의 중생교화 그 숭고한 뜻과 장구한 세월 무량수로 일러주신, 법을 따르고 자신을 스승 삼으라던 큰 가르침을 받들어 결코 부끄럽지 않은 제자의 길을 흐트러짐 없이 올바로 걸어가겠나이다.

큰스님 가신 뒤 큰스님의 고행 길 발자취를 더듬어 이제 저에겐 가슴에 낙인처럼 박혀버린 성소 견성암(聖所見性庵)

을 이렇게 또 찾아왔습니다.

　작년에도, 올해도 또다시 명년에도 끊이지 않을 이 끝없는 반복은 무엇이 있어 되돌린 발걸음 붙들게 하며, 과거 전생 어느 한 때 얼마나 두터운 인연자락 있었기에 이토록 거듭거듭 안달케 하는 것이 온지요?

　높은 산, 외지고 돌아앉은 첩첩의 산중에서 천둥폭우 쏟아지는 여름날과 칼날의 설한삭풍이 살을 에는 엄동의 고통마저도, 일구월심, 중생사랑, 환희의 기쁨으로 승화시키신 큰 스님!

　아직도 당신의 온기 고스란히 배어있는 이곳 견성암터에는 성남골 산길, 걸음걸음마다 흘리신 땀방울, 고행의 흔적 되어 촉촉이 젖어있고, 가쁜 숨 고르시며 걸터앉았을 듯한 어느 작은 바위 턱에도 뜨거운 숨결 스며있으며, 잎새 그늘 드리운 수목 한 그루까지 당신의 거룩한 뜻 선하게 서려있더이다.

　큰 스님!

　물이 맑으면 달이 나타나 보인다 하시지만 무명에 눈 어두운 저희들은 본래로 청정한 맑은 물 흐려놓고는, 하염없이 달을 찾아 또 찾아 당신만 보채고 있었더랬습니다.

자성의 주인공이 이미 네 안에 있다 수백, 수천을 일러주셨건만 미혹한 저희들은 눈, 귀 있어도 보고, 듣지 못하며, 손발이 있다하나 행하지 못한 채, 홀연히 흩어지는 구름처럼 번뇌망상(煩惱妄想)만 피우고 있습니다.

그러나 오늘 큰 스님 가르침의 고귀한 법문 한 구절이라도 바르게 새겨듣고 참되게 실천하여, 창살 없는 감옥 속을 벗어나는 광명의 문 활짝 열고야 말리라 발원하며 이 자리에 섰습니다.

일체망상에 물들고, 무진번뇌에 얼룩진 주인공 자리를 깨끗이 맑히어, 둥근 해, 밝은 달을 주장자에 꿰어 들고, 시원하게 물 한 그릇 떠 마실 수 있는 호호당당한 대장부되어, 어떠한 어려움 닥치더라도 꺾이지 않고 쉼 없이 정진코자 다짐합니다.

큰스님!

예토의 사바세계에 자비의 화신부처님으로 나투신 당신으로 인해 두터운 무명업식 한 조각이라도 덜어낸다면, 이제 그토록 멀고도 험한 길 두타의 모진 고행도 마다않으신 큰 스님 은혜에 천만분의 하나 될지라도, 소중하게 두손 모아 기필코 보답하여 따를 것을 가슴깊이 아로새깁니다.

이곳 견성암 뿐만 아니라, 사바세계 처처곳곳이 불국토가 되어, 세세생생 찬연하게 빛나는 부처님 처소로 화하여 이어지며, 향 사르고 촛불 밝혀 지극삼배 올리는 뭇 인연들 뿐만 아니라, 유주무주 일체의 권속들이 한결 같이 한 마음 밝은 주인공 자리로 들게 할지어다.

큰스님의 상락정토(常樂淨土), 극락왕생을 지극정성 발원합니다.

나무 자성본래불!

불기 2556년 6월 16일

제 2 부

산행기(山行記)

백두대간(白頭大幹)의 등허리 설악의 품으로

10월 5일 새벽 4시, 설악산 오색 약수터, 사위는 여전히 칠흑의 암묵 빛으로 드리워져 있다. 엷은 안개에 젖은 한계령에서 쳐다본 하늘, 초롱한 별빛이 쉼 없이 허공을 내려온다. 산속을 터전 삼는 풀벌레 울음소리도 없다.

등산로로 들어서니 한가위 전날 새벽이라 그런지 우리 일행 외에는 아무도 없다. 이내 가쁜 숨이 발걸음에 얹힌다.

끝없는 돌계단 길옆으로 난간처럼 쳐진 나무기둥을 붙들고, 한발, 한발 오르는 길 등짝엔 구슬 같은 땀방울이 뒹군다.

이른 새벽, 숲속 고요가 그런 우리들의 기척에 꿈틀대고, 아스라이 들리던 물소리가 진폭과 음을 더하는 걸 보니 설악폭포가 가깝고 길은 계곡 쪽으로 비탈져 내린다.

계곡 길을 혼자서 터벅터벅 된비알 나무계단을 오를 즈음 등 뒤로 동녘 하늘은 뿌연 아침기운을 전령사로 보낸 모양이다.

숨 돌릴 겨를도 없이 이어지는 오르막 등로, 몰아쉬는 가쁜 숨은 겨우 목구멍만 들락거리는 할딱 숨으로 변한다.

가파른 경사 길의 마지막 철 계단을 올라서니, 속초 앞바다 위를 드리운 잿빛 하늘이 붉게 물든 서광에 어둠을 지우는가 싶었는데 이내 안개 속에 묻혀 버린다. 대청봉이 지적인 산마루엔 단풍은 이미 색을 바래고, 더러는 제 발치에서 낙엽으로 뒹군다.

7시 30분, 대청봉 먼당을 올랐다. 바람이 무척 세다. 춥다.

대청봉!

돌판에다 새긴 한글 이름표를 정수리에다 이고 선 설악의 맏형 봉우리.

아침이면 밝은 태양이 찬란한 햇살을 바라기하기 보다는 이렇게 안개비에 젖어 사는 날이 더 많은 산봉우리.

재킷을 걸쳤지만 속살까지 여미는 추위에 만세를 부르고, 표지석 옆에 서서 흔적을 담고는 중청대피소로 내려선다.

평상 시 같으면 이곳 대피소 평상은 엉덩짝 하나 걸치기

어려울 만큼 인파로 북적대겠지만 오늘은 거의 텅 비어있다.

서둘러 소청으로 내려선다. 이곳에서도 가을 설악의 조망은 영 글렀다 싶었는데 아하! 이런 행운도 안겨주나 보다.

이골, 저골 골짜기마다 중공군 오랑캐 떼처럼 먼당을 향해 밀고 올라오는 안개가 어느새 하늘로 올라 사라지는 것이다.

그러나 그뿐이다. 순식간에 또 다른 무리들이 온산을 덮어버린다.

소청봉에서 봉정암을 향하여 내려서니 바람은 사라지고 없다.

대청봉에서 시작된 단풍이 이곳 소청봉 어깨를 타고 내려와 봉정암 앞산 서북주릉 자락에서 색동잔치를 펼치고, 뒷산 용아장성 능선에서 아찔한 바위 홍엽쇼를 벌이고 있다.

아! 아무리 아름다운 한 폭의 동양화를 그린다 한들 이보다 더할까?

깎아지른 절벽 아래에 다소곳이 앉아 곱게 빗은 가르마처럼 가지런하게 청기와를 머리에 인 채 오색창연하게 불타는 이파리들의 춤사위 속에 파묻혀 가을을 읊조리는 저 봉정암!

맑디맑은 약수 한 조롱박으로 가슴을 적시고 사리탑으로 오른다.

산령각 너머로 천야만야한 바위벽 아래에 서 있는 단풍나뭇잎이 핏빛처럼 빨갛다. 사리탑으로 오르는 야트막한 오솔길을 따라 재색 장삼의 스님 한 분이 쉬엄쉬엄 오르고 있다.

전신이 사리로 장엄되었던 석가모니 부처님.

그 중 뇌사리를 모신 5층 석탑.

한국 5대 적멸보궁 가운데 가장 높은 험준 산령 설악산 용아장성 바위 등뼈에 모셔져 이 땅 불교 신도들의 절대성지인 봉정암 사리탑이다.

먼저 오른 젊은 스님은 이미 참배를 올리는 중이고 뒤따라 업보중생도 엎드려 발원 드린다.

"이 땅의 억조창생 온갖 무리들이 저마다 참 성품 밝혀, 복덕 두루 장엄하고 지혜 통달하여지기를….

남북으로 날카로운 용의 이빨처럼 생긴 바위가 끝없이 길게 이어진 능선 용아장성!

서쪽으로 구곡담과 수렴동 계곡이 흐르고, 동으로는 가야동 계곡을 만들어 낸 국내 최고의 험준 산령 용아장성바위 능선.

나그네는 동쪽 가야동 계곡으로 발길을 옮긴다.

첫 발부터 거의 절벽에 가까운 낭떠러지 급경사 길이라 울퉁불퉁 바위돌길을 스틱과 밧줄의 도움으로 한발 한발 내려오는 순간에도, 연신 눈길은 건너편 용아장성 바위벽과 단풍 숲을 향하는데, 심술궂은 운무가 자꾸 훼방을 놓는다. 발아래에 기울어 떨어질 듯 아슬아슬하게 얹힌 거대한 바위가 신비롭기 그지없다.

눈길을 오른쪽으로 향하면 멀리 공룡능선도 언뜻언뜻 들어온다.

계곡이 가까울수록 홍, 황의 이파리들은 점점 그 세력을 떨구고, 여름 내 매단 푸른 옷소매를 그대로 펄럭인다.

그런 청색 바다 가운데에도 일부 성미가 급한 나무들은 가을의 홍에 못 이겨 제 몸을 빨갛게 달구는 무리도 더러 있다.

가을 가뭄 때문인지 곡수의 음률이 종요롭다.

가야동 계곡에서 오세암으로 가는 길, 지금까지의 내리막길에서 새로이 시작되는 오르막길 산행은 내리막길이라 하여 에너지를 축적하는 것이 아니다. 단지 호흡이 다소 편할 뿐, 에너지 소모는 지속되는 것이다.

제법 내려 왔는가 싶더니 다시 오르막으로 접어든다.

구곡담을 외면하고 둘러가는 길이니 보속을 높여야 했으므로 주마가편(走馬加鞭)하며 오른다. 숨이 차다.

수풀 사이로 쳐다 본 하늘은 군데군데 초병처럼 남긴 몇 점 흰 구름만 남기고 대부분의 운무를 거둔 채 청한 얼굴로 내려다본다.

계곡을 한참 올라선 산자락을 꾸불꾸불 오르락내리락하며 걷는 동안 드디어 오세암 법당 지붕이 숲길 섶에 나타난다.

오세암 뜨락에 내려선다. 고향집 안마당처럼 다정하고 포근하게 안긴다.

여기서 수렴동 계곡까지 가려면 한 시간은 넘게 족히 걸어야 당도할 것이다. 아! 이 암자는 왜 하필이면 이렇게 높은 산, 깊은 골, 첩첩산중에 숨어 있단 말인가?

그 옛날, 눈 속에 갇혀 관음보살님의 품속에서 무사히 한 겨울을 난 그 어린 동자의 전설이 새록새록 기억의 골에서 샘물처럼 솟아나는 오세암!

그런가 하면, 어린 조카의 왕위를 찬탈한 세조, 아니 세상을 원망하며 한 세월 은둔처로 삼았던 설잠 스님(오세신동 생육신 매월당 김시습)도 머물렀던 오세암!

그렇구나. 뜬구름처럼 흘러 도는 인걸이야 무상할 지라

도 청청자연의 품에 안겨 도도히 이어질 이 도량이야 세세생생 영원히 스러질 리 있을까.

암자에서 받아 든 잡곡밥 한 그릇에 오이무침과 나물반찬, 거기에 식은 미역국 반 대접의 공양은 세속시중의 어떤 산해진미인들 거기에 비기랴 싶다.

이 첩첩의 산중암자에서는 공양물 시주가 으뜸보시 일 텐데 예정에 없던 방문길이고보니 보시는커녕, 오히려 축만 내고 가는 꼴이 되고 말았다.

부처님! 언제다시 올 수 있는 길이 있다면, 그때는 땅굴을 파서라도 쌀이랑

미역, 참깨랑 콩을 담아 바리바리 지고 오겠나이다.

그러고 보니 그 나물반찬이 그리도 짜게 무친 것이 장만하신 님 들의 말없는 중생사랑이 깊게 깊게 묻어난다.

저 험한 산길을 오르내리다보면, 체내 염분이 많은 땀으로 배출되기 마련이므로 그걸 보충해주기 위한 지극하고 정성스런 배려인 것이다.

그런데 신기한 것은 그렇게 짠 음식을 먹어도 그 나물의 본래 맛을 간직하고 있어 먹기가 전혀 부담스럽지가 않았다.

이래저래 신세만 지고 지혜를 얻어가는 나는 적어도 오늘만큼은 걸뱅이 동냥신세를 면치 못할 것 같다.

바람이 부추기고 시간이 재촉을 해대어 하산길로 내려선다.

하산길이라지만 여전히 얕은 경사길을 오르락내리락하며 한 시간 여를 걸어 내려오니 다리가 뻐근하다. 개울가로 내려선다.

곡수에 발을 담그니 얼음물처럼 차다. 1분을 못 버틴다. 넣었다, 담갔다를 수차례 반복하고는 다시 길 위로 나선다.

아! 발걸음이 이리도 상쾌하고 가벼울까!

저 계곡물이 자연정화능력이 탁월한 것은 알지만 이렇게 온갖 중생들의 생기마저 돋구게 하는 엄청난 에너지도 함유하고 있었구나 싶다.

어느덧 수렴동과 가야동 계곡수가 합류하는 구담을 지나 백담 상류계곡을 따라 내려가는 길이다.

저기 엄청난 돌덩이들과 아름드리나무들이 넓은 개울을 수중보처럼 밀려 쌓여있다.

아! 지난여름 인제, 양양지역에 내린 집중호우 때 폭우에 휩쓸려 내려간 잔해들이구나. 얼마나 엄청났기에 저렇게 떠밀려 내려왔을까?

하기야 한계령 통행도 추석 며칠 전에 개통되었다 하지 않는가.

그러나 그 때, 그 성난 홍수는 이미 간 곳 없고, 지금은 파아란 가을 하늘빛을 고스란히 담고 있는 물빛이 눈이 시릴 정도로 푸르고 맑다.

건너편 산빛은 여전히 녹음 짙은 유월의 빛 그대로이다.

봉정암 부근은 온통 만산홍엽으로 불타고 있고, 대청봉 먼당은 이미 초겨울이 엄습하였더니 한가위 즈음의 설악은 이렇듯 삼계가 진행 중이다.

오후 3시! 산길 11시간 만에 백담사 잠수교를 넘어 사찰 경내로 들어선다.

역시 인파는 한산하여 오늘은 셔틀버스를 길게 줄서지 않고 한 번에 타고 용대리로 내려온다.

저 아래 까마득한 백담계곡이 빤히 쳐다본다. 그렇지. 하늘이 부러운 거겠지. 그런데 올라 가봐. 없어. 하늘은…

지리산 영봉에 큰 덕을 베푸소서
– 청학동 삼신봉

 2015년도 1월 18일, 을미 신년 첫 산행 날 아침, 바깥 날씨가 오동지 섣달 제 이름값을 실하게 해대는 매서운 추위에 목이 연신 자라모가지처럼 옷깃 속으로 옹그라든다. 그러고 보니 오늘이 동짓달 그믐 전날이다.

 백두에서 발기하여 남녘 산하를 굽이쳐 흘러내려 강토의 남단에서 그 마지막을 크게 다시 용틀임하여 일어선 지리산이, 우리민족의 영산임은 이 땅의 장삼이사 그 어느 누구도 모를 리 없고, 그 깊고, 넓은 품 안팎에서 내어주는 온갖 산물로 목숨을 이어가는 민초들에겐 말 그대로 생명의 터전이나 마찬가지이니, 베풀고 거둬주는 이 산의 후덕함을 기리는 뜻에서 덕(德)의 산이라 하여, 지리산 자락 산청군 덕산면의 지명도 그에서 유래된 것임을 또한 안다.

버스가 세석평전 가는 거림골 못 미쳐서 청학동으로 가는 신작로를 접어들어 묵계재 땅속을 파내어 만든 삼신봉 터널을 나와서는 이내 하동 땅으로 드는데 곧바로 갈림길이다.

오늘 가야할 곳은 오른쪽으로 곧장 달려 내려가 원묵계 삼거리에서 청학동으로 가는 방향이고, 저기서 왼쪽으로 난 길은 고운동재를 넘는 길이다.

'고운동(孤雲洞)!'

지금으로부터 약 1300여 년 전 신라의 국운이 쇠퇴해가던 무렵, 최치원 선생이 주유천하로 산천을 유람하리라, 가야동 홍류동 계곡과 지리산의 쌍계사 계곡, 청학동과 더불어 이곳 고운동 골짝 등에서 머물며 말년을 보내고는 아무 자취도 남기지 않고 신선이 되었다 전해지는데, 그 마지막 은신처가 고운동 골짜기였으며 고운동이라는 지명도 바로 그의 호에서 따왔다고 전해져온다.

이른 아침의 사납던 추위가 열시 반이 지난 시간 즈음엔 완연한 봄날이다.

벌거벗은 겨울 숲속, 머리위로 드러나는 하늘은 쳐다보니 겨울하늘이 저토록 청아할 수가 있단 말인가!

실오라기 같은 아주 작은 점 하나 없는 창공의 가을하늘로 채색돼있다.

탐방로임을 말없이 일깨우기라도 하는 양 자연석의 돌들과 나무계단으로 등산길을 만들어 놓은 아담하고 호젓한 산길을 쉬엄쉬엄 걷다보니 어느새 낙남정맥으로 이어지는 청학동 삼거리 능선길로 올라선다.

외삼신봉으로 가는 오른쪽 반대편으로 방향을 잡고 얼마를 걸었을까 삼신봉을 올라섰다.

'삼신봉(三神峰)!'

모양내지 않은 주변의 흩어진 돌들을 주워 다 단을 쌓고는 그 위에 품위 있게 한자로 새겨 쓴 반듯한 석판이름표석을 이고, 백두대간 남쪽 끝 신령의 산 지리산 종주능선 중허리인 영신봉에서 낙남정맥의 큰 산줄기를 또다시 형성해서 남으로 뻗어 내려와, 지리산 남부능선과의 교차점인 중심봉우리!

일천사오백 미터 이상의 수많은 지리연봉의 높은 봉우리에 비해서는 1284 키 높이야 다소 낮지만 저 오른쪽 끝 지리산의 주봉인 천왕봉에서 왼쪽으로 울룩불룩, 굽이굽이 이어지고 이어져 서쪽 끝 반야봉과 노고단에 이르는 종주능선의 파노라마를 이토록 가까운 거리에서 한눈에 조망할 수 있는 최적의 명당 터에 자리 잡았으니, 그것만으로도 너무나 충분히 보배롭고 고귀한 산이 아닐 수 없다.

더구나 이 또한 무슨 홍복인지 오늘 이 시각, 창공은 왜 이리도 맑고 푸르며 하늘은 왜 이다지 높고도 높이 떴단 말인가!

보아라! 천왕봉의 오른쪽 어깨에 견장처럼 얹혀있는 서리봉 부터 왼쪽 너머 너머로 이어지는 종주능선 저 수많은 봉우리들을…

제석, 연하, 촛대와 영신, 칠선, 덕평, 토끼와 반야봉 그리고 노고단 봉우리. 또한 큰 키에 가려 뵈지 않는 중봉과 삼도봉, 끝없이 굽이쳐 흐르는 왕시루봉과 불무장등들….

살갗을 도려 낼 듯 거센 찬바람이 이제는 이곳을 물러나라 손사래 치지만 하나라도 더, 한 순간이라도 더 오래 눈에 담아두고 싶은 순백한 욕심도 만만치가 않다.

천왕봉 너머 아스라이 눈에 잡히는 덕유산이 소매를 부여잡고 대간의 몸 끝 지리능선 그 어깨아래에서 꿈틀대는 높고 낮은 이름 모를 수많은 능선과 봉우리들이 발목을 붙든다.

그러나 저 남쪽으로 또 발돋움하고 선 내삼신봉도 연신 손짓을 하고 있다.

그를 찾아 가는 능선길은 양옆으로 빽빽하게 도열한 산 죽들이 끝없이 줄지어 섰고 띄엄 띄엄 키 큰 고목 몇몇이 길 안내를 맡고 있다.

뿌리 근처에서 두 갈래로 갈라진 길 옆 한그루 나무의 한쪽에서 자신의 뱃속을 도륙당한 채 벌거벗고 떨고 있어 보기가 너무 안쓰럽다.

응달진 길바닥엔 채 물이 되지못한 눈들이 발길에 다지어져 빙판으로 달라붙어 자꾸만 황소걸음으로 이끈다.

어느새 내삼신봉 어깨위로 무등을 탄다.

내삼신봉의 실명은 삼신봉정(三神峰頂)이란다.

삼신봉이라는 이름이 이곳에 세군데인데, 오른쪽이 외삼신이고 왼쪽이 내삼신, 그리고 중앙의 삼신봉으로 세 봉우리 중에 중앙봉이 제일 키가 낮으면서도 주봉의 지위를 누린다.

이는 그곳의 위치가 중앙인데다 종주능선 조망처로서 가장 으뜸인 탓에 그리 되었을 성 싶다.

그런데 키가 제일 높은 1354미터의 내삼신봉으로서는 다소 억울(?)한 면이 없지 않기에 나처럼 인정이 많은? 이들이 그래도 키가 크니 그 이름에다 정수리 정(頂) 자를 붙여주어 실은 네가 형이라며 그나마 위안해 준 배려가 아닌가 싶다.

중앙봉에서 남으로 걸음을 옮긴 만큼 조망도 그만큼 떨어짐은 어쩔 수 없다. 그러나 눈길을 아래로 돌리면 느끼고 받는 감동이 적지 않다.

저 아래 지금으로부터 아득히 먼 시절의 고조선 왕국을 재현해 놓은 삼성궁이 한눈에 들어오고 좀 더 멀리 묵계저수지가 파란 하늘빛을 담아 하늘이 되고 싶어 하는 모습을 볼 수도 있다.

그런 봉우리를 내려와 앞길로 좀 더 걸음을 옮겨 빙판 비탈길을 내려서니 능선에 묵직하게 얹힌 괴상스럽게 생긴 바윗덩어리가 제 가슴을 도려내어 커다란 구멍을 뻥 뚫고는 하늘로 오르는 길을 열어 놓았다.

통천문(通天門)? 그래 쇠통바위로구나.

마치 쇠자물통처럼 생겼다 해서 쇠통바위~

저 바위 꼭대기에는 또 열쇠구멍처럼 생긴 모양의 구멍 자국도 있다던데…

뭐 청학동 사람들은 저 쇠통바위를 여는 열쇠를 찾아 자물통을 여는 날 천지개벽의 새 세상이 열린다고 믿고 있다지만, 나는 저 바위구멍문을 통하여 이상향의 세계 유토피아 천국으로 들어가고 싶은 마음이 든다.

또다시 휘적휘적 걷다보니 어느새 쌍계사로 가는 길과 청학동 방향으로 가는 갈림길인 상불재에 다다른다.

상불이란 무신 뜻일까?

상불-像佛-佛像의 역순 호칭인 상불? 그러면 무엇이 부처님 모양을 닮았단 말인고? 몇 걸음 떼어놓았을까 싶은데 금세 직벽 수준의 빙판 내리막길이다.

밧줄을 잡고 뒤로 엉금엉금 하강하기를 제법 한참, 줄이 동난 즈음에서도 또 한참을 빙판길이 이어진다.

왼쪽으로 난 계곡 길을 따라 내려오는데 그 너머로 삼신궁 마고성이 꽁꽁 얼어붙어 있다.

태고의 신비로 의연한 한라산

연안부두는 단순히 배를 타고 오가는 사람들이 모이는 장소만이 아니다.

거기에는 타지에서 오는 이들의 가슴 설레임과 떠나는 이들의 아쉬움과 허전함, 그리고 다시 돌아올 때의 부푼 꿈과 희망들이 매운탕 국물처럼 진하게 우러나 있기도 하다. 기축년 새해의 셋째 주말 해거름, 부산연안부두는 일상의 여행객들보다도 배낭을 짊어진 등산객들이 더 많다.

지금 부두를 떠나는 이 배는 밤새 남해안 바다를 노 저어, 저어 내일 아침 여섯시면 제주항에 닿아 있을 연안여객선 밤배이다.

이등실이든, 삼등칸이든 밤새 시끌벅적하기는 마찬가지인지라 편한 잠 청하기야 처음부터 생각지 않았기에, 차라리 겨울밤 한때의 낭만과 추억으로 여기는 편이 더 마음 편할 터이다.

한밤중, 배 난간에 기대서서 비 그친 밤하늘을 쳐다보니 맑게 씻긴 별빛이 한층 초롱하고, 뱃전에 부서진 포말이 잔물결되어 까만 밤바다로 번져나간다. 휴일의 이른 아침, 제주항은 촉촉이 비에 젖어있다.

서귀포 가는 횡단도로 동녘 중간지점인 성판악에 내려서 곧바로 한라산 정상을 향해 출발. 가는 비가 오다 그치다 훼방을 놓지만, 기온이 영상인지라 벌거벗은 나뭇가지는 겨울눈이 앉아 쉴만한 자리를 만들지 못하고, 길바닥은 숱한 발길에 밟혀 다져 체념이나 한 듯 눈길 아스팔트가 되어 얼어 누워있다.

천지를 날려 없애버릴 듯한 기세로 거칠게 질주하는 바람은, 키 큰 굴참나무와 전나무 머리위에서 무섭게 휘몰아치며 노려보지만 더 이상 아래로 내려오지는 못한다.

한라산 가슴 언저리쯤에 마치 굶주린 아낙의 젖꼭지처럼 초라하게 달라붙은 진달래 밭 대피소를 지나니 진눈깨비가 발광을 해대더니, 산 어깨를 딛고 목덜미를 기어오를 즈음에는 세찬 삭풍이 공기총 산탄 같은 싸래기 우박세례를 퍼부어대며 사정없이 밀어뜨려낸다.

바람에 휘청거리는 몸을 겨우겨우 가누며 엉금엉금 기어오르려니, 비오 듯 총알 속을 피해 고지를 점령하던 6.25 때의 백마고지 육탄십용사 같다는 생각이 든다. 그렇게 악전고투로 마침내 오른 한라산 동봉 정상!

그러나 짙은 안개와 싸락눈 우박, 산을 날려버릴 듯한 기세의 강풍에 시계는 제로상태이다.

아, 한라산!

까마득한 하늘 공간에 떠 있는 은하수라도 손으로 잡아당길 수 있을 만큼 높이 솟은 산. 그리고 또 그야말로 까마득한 시간인 120만 년 전에 영주바다 한 가운데서 불끈 솟아나 2만5천 년 전 마지막 화산대폭발로 만들어진 저 아래에 있을 백록담, 아주 아주 먼먼 옛날, 옛적에 흰사슴을 탄 신선이 물을 마셨다는 전설의 못이다.

북사면을 돌아내려오는 관음사 하산길, 거의 수직으로 난 빙판 경삿길이 처처에서 하산객들로 하여금 엉덩방아를 찧게 하고 있다.

그러나 차라리 그편이 더 나은지도 모른다.

봅슬레이를 하고 싶어도 앞서가는 사람들의 안전을 위해 일부러는 감행할 수도 없는 일을 미끄러졌다는 것을 핑계로 신나게? 눈썰매를 탈 수 있으니 말이다. 이 정도면 치악산 사다리병창(강원도에서는 계곡을 병창이라고 합니다)보다 더 험한 산길이지 싶다.

아침 7시에 숟가락을 놓아 벌써 한시가 다 됐는 데다 모진 싸락 우박 눈과 강풍에 온몸으로 맞서다보니, 이미 뱃속에서는 민생고 해결을 요구하는 시위가 한창이다. 천지 사방이 눈속인데다 능선외길과 경삿길인지라, 점심 밥그릇 하나 놓을 자리도 마땅찮아 겨우 길 한쪽 모퉁이에 쪼그려 앉아 몇 젓가락질하는데, 도시락이 연신 썰매를 타는지라 서서 들어보지만 의성 흑마늘 환보다 좀 작은 우박이 계속 쏟아져 도시락은 금새 얼음알갱이가 반이다.

겨울에도 물속은 바깥보다 덜 춥다더니 이미 물먹은 장갑이지만 벗은 것 보다는 끼고 있으니 손이 훨씬 덜 시리다.

축축해진 바짓가랑이가 자꾸만 허벅지를 감아 예놓는 발길을 더욱 무디게 한다. 한참을 내려와, 저 아래 멀리로 제주 시내가 아른거리지만 아직도 한 시간여는 더 걸어야 할 이정이다.

밟히는 눈길 촉감에 점점 습기가 더 느껴지고 길바닥에 흙빛이 묻어나는 것이 더는 험한 길은 없을성 싶어 다행이지만, 이미 기운이 빠진 다리는 갈 지(之)자 걸음이다.

이제는 바람도 사라지고, 눈 덮인 겨울 숲은 발자국 소리만 자지러질 뿐 적막하기만 하다.

그렇지. 이 고요는 본래부터 이렇게 여여(如如)할 뿐이 였어.

소리도, 숲이 숨 쉬는 것도, 바람이 날개를 다는 일도 없었는데 우리 인간들이 그렇다고 했지 실은 아무 일도 새롭게 일어난 일이란 없었어. 다만 작용만 있었을 뿐….

만고강산에 덕을 베푸는 큰 뫼 덕유산

봄이 연둣빛에서 진초록으로 한창 영그는 을미 오월의 중순은, 그러고 보니 오늘이 음력 삼월 그믐날인데 햇살은 만춘산행에 더없이 좋은 상태로 잘 버무려진 늦은 아침나절이다.

산행초입인 전북 무주군 안성탐방센터, 이곳은 덕유산 향적봉과 남덕유산을 잇는 종주능선 중허리 동엽령에서, 서쪽으로 칠연계곡을 타고 내려오다 해발 600미터 지점에 자리하고 있는 산행깃점이다.

숲으로 드는 오솔길을 따라 왼쪽으로 난 계곡에선, 앞 다투어 흘러내리는 곡수의 옹알이와 재잘거림이 끝이 없는데, 저들은 지금 저들이 가는 곳과 목적이 어디며 무엇인지 알기나 하고 저리도 바삐 달려가는 걸까?

거기서 우리네 인생살이를 엿본다.

저들은 쉬임 없이 그저 흐르기만 할 뿐, 무엇을 탐내거나 욕심 부리지도 않고 저들이 있는 곳에서 조금이라도 더 낮은 곳으로 만 향할 따름이지 결코 위를 바라지 않는다.

흐르다가 부족한 부분은 채워주고, 가로막히면 그냥 피해 돌아가며 조금 여유라도 있을라치면 넓은 자리에 먼저 다다른 이들과 섞여 어울려 쉬기도 하면서, 도대체 서로 빼앗고 싸우는 법이 없으며 맑고, 더럽다, 좋다, 나쁘다 구분하지도 않은 채 오로지 공동체 하나로 존재하기만 염원한다. 산을 오를수록 계곡도 가파르다. 비스듬히 누운 바위벽을 곡수가 하얗게 물무늬를 그리며 미끄러져 내린다.

그런가하면 움푹 패인 암반은 또 초록물을 담고 푸른 나뭇잎사이로 내려온 하늘을 빤히 쳐다본다. 발은 봉우리로 난 길을 따라 걷지만 머릿속은 요런 잡생각들로 소용돌이다.

폭포로 가는 갈림길에서 고개먼당으로 난 왼쪽 길로 접어드니 이내 본격적인 비탈길이 시작되는데, 인공이 가해지지 않은 자연 그대로의 비탈이라면 좀 좋으랴마는 이렇게 계단을 만든 데는 이유야 왜 없었을까?

꼬불꼬불 계단은 끝없이 이어지는데 가슴과 목구멍 사이

를 오르내리는 숨결이 가빠지니 다리도 뻗대기 시작한다.

아침에 고속도로를 달리는 버스차창 너머로 벌판 저 멀리 아스라이 먼 야산자락에 옹기종기 서로 어깨를 걸친 시골마을들이 자욱한 안개에 젖은 모습이 참 정겹더니, 지금 길옆으로 나앉은 이 계곡인들 어찌 안개가 포근하게 숨겨주고 덮어주지 않았으랴!

그러다 나뭇잎에 걸린 밝은 햇살이 비좁은 나뭇잎 틈새를 비집고 내려와 기어코 안개가 숨겨 논 이 계곡의 얼굴을 말갛게 씻어내고 말았겠지. 환한 햇살이 길을 따라 동행을 한다.

저 꼴이 무엇이뇨?

길옆에 아름드리 소나무와 얼추 키가 비슷한 참나무가 서로 부둥켜안고 섰는데 참으로 괴이한지고!

소나무가 한쪽 다리를 참나무 가랑이 사이로 집어넣고, 얼싸안은 채 보란 듯이 서 있는 자태라니…

하지만 곰곰이 생각해보면, 저들이 지금처럼 저렇게 성장하기까지는 서로 살아남기 위해 얼마나 치열하게 다투었을 것인가!

그러다가 어느 정도 크고 나면 서로를 이해하고, 인정하면서 상생을 도모하다 수를 다할 것이다.

그래도 그렇지. 이 넘들은 그 중에서도 유별나지 않는가 말이다. 헛 참! 헛 참!

숨이 목구멍을 걸터앉는다. 발등에 얹힌 하늘의 무게가 천근만근이다.

에라! 누가 상을 줄 것도 아닌데… 몸과 마음이 타협을 한다. 스스로를 위로하며 걷다보니 드디어 산마루가 눈 안으로 든다.

1,295미터 동엽령! 구천동 33경 중 제1경인 나제통문에서 꾸불꾸불 시오리 계곡길을 따라 백련사를 거쳐 향적봉 정상으로 올라 거기서 남으로 중봉과 백암봉을 달려 내려와 큰 고갯마루를 이룬 곳, 길은 계속해서 남녘으로 무룡산과 삿갓봉, 남덕유를 지나 영각사나 육십령으로 이어지겠지만 어쨌거나 이제부터는 능선길이다.

전망대 쉼터에서 뱃속 중생들에게 민생고를 해결하고, 백암봉으로 향하는데 완만한 능선길이 다시 오르막으로 이어진다.

동엽고개 보다 키가 200미터나 더 높은 백암봉을 거친 숨을 헐떡이며 힘들게 올라서니 오른쪽 저 아래 멀리 울창한 삼림사이로 큰 계곡 하나 뻗어 내렸는데 거창 북상의 송계사계곡이다.

짙푸른 녹음에 뒤덮여 장관을 이룬다. 길 양쪽 옆으로 꽃잎을 다 떨군 철쭉이 빽빽이 퍼질러 앉았다.

얼마나 뭇 시선들을 유혹하였을꼬?

또다시 백암봉보다 91미터나 더 큰 키의 중봉으로 가는 길은, 값비싼 통행료조로 거침없이 대놓고 몸의 노고를 요구한다.

그리하여 올랐다. 중봉을!

눈앞에 빤히 덕유정상 향적봉이 보이고, 오른쪽으로 내려앉은 길은 오수자굴 쪽인데, 그 옛날 오수자 스님이 수행득도한 굴이 있단다.

눈앞에 펼쳐지는 광활한 덕유평전!

철쭉군락과 억새풀, 그리고 고만고만한 키 높이의 잡목무리들과 이름 모를 잡초들로 뒤덮힌 저 넓은 산상의 벌판!

그 벌판사이로 난 능선길을 따라 아쉬움을 뒤로 하고 정상으로 나아간다.

정상 목덜미에 다소곳이 웅크려 앉은 대피소에 다다르니 아직도 갈 길은 먼데 1리터들이 물병이 나보다 더 갈증을 느낀다.

샘터를 찾아 콸콸 세차게 쏟아지는 물줄기를 보니 샘을

찾아 내려오면서 안긴 짜증이 순식간에 달아나버리고, 차디차게 시린 물이 목구멍을 타고 들어가니 시들어 지친 뱃속세포중생들이 일제히 화들짝 놀라 나자빠진다.

다시 대피소로 되돌아 올라오니 또 한 번 거친 숨이 턱을 붙들고 늘어진다. 드디어 1,614 미터의 덕유산 정상을 올랐다.

향적봉!

백두대간에서 발원하여 남으로, 남으로 장대하게 굽이쳐 흘러내려오던 대간의 중허리를 아주 나쁜 놈들이 철사줄 허리띠로 꽁꽁 묶어 끊으려 했지만, 미천한 인간들이야 그 틀에 묶여 옴짝달싹할 수 없겠지만 그 큰 지맥과 기운들이야 어찌할 것인가!

대간이 북녘의 금강산을 타고 남의 설악산을 넘어 거침 없이 뻗어내려 흐르면서 대간을 갈무리하는 지리산을 가기 전에, 다시 한번 크게 용트림하며 솟구쳐 올랐으니 그게 바로 이곳 덕유산이더라.

산봉우리에서 발치까지 그 너른 품 자락에서 기생하여 사는 산천초목과 날짐승, 길짐승 뿐만 아니라 한갓되이 땅속 미물들까지 전부를 먹여 살리고도 남을 넉넉한 덕을 베푸는 산, 덕유산이여!

전북의 무주, 장수와 경남의 거창, 함양 등 2개도 4개 군을 걸터앉은 큰 뫼로서, 남한 땅에서는 화산섬인 한라산을 제하면 지리산 천왕봉과 설악의 대청봉 다음으로 높은 곳이 이 덕유산 향적봉이다.

사방을 살펴 시야에 잡히는 큰 산들만 해도 아스라이 멀게 나앉은 남쪽의 지리산, 동남간의 가야산과 황매산, 북으로는 소백과 속리산, 그리고 그 너머 일망무제로 펼쳐지는 산,산,산…

바로 앞 북쪽에 제 머리에다 곤돌라 탑승장을 이고 선 설천봉이 애처롭다.

향적봉 어깨며, 정수리에 올라 탄 형형색색의 장삼이사들이 전부 향적봉 이름표지석을 제 가슴에다 떼어다 붙이고는 멋진 *폼을 잡으며 야단법석을 편다.

이제 아쉬움을 뒤로하고 하산을 준비한다. 몇 번을 왔지만 늘 눈 덮인 겨울산이었는데 오늘 비로소 너의 민낯을 살피고 가는구나.

백련사로 내려가는 내리막길은 거칠고 험한 비탈길이다.

잠시 이어지는 평지 옆에, 아랫도리 속을 다 드러낸 채 처연하게 선 고목을 본다. 저렇게 속을 비우고도 사는구나.

그러다 언젠가는 수를 다하여 고사목으로 이름을 바꾸

면 너는 또다시 이름 모를 곤충들과 작은 동물들의 먹이와 보금자리로 온몸을 내놓을 것이며, 생태계 청소부라 할 버섯에게는 또 얼마나 많은 영양분을 제공할 것인가!

그러니 너는 너의 죽음이 마지막이 아니라 새로운 생명체가 탄생하고 자라날 시작이 될 것이니 너무 서러워 말거라.

이윽고 백련사로 발을 들인다.

1,300여 년 전 백련선사의 은거처에 하얀 연꽃이 피어났다 하여 이름 붙여졌고, 신라 흥덕왕 때 무염국사가 창건했다 전해져 오는 고찰이다.

이 첩첩의 산중에도 부처님 오신 날을 봉축하기 위해 연등이 걸리기 시작했고, 맑은 하늘, 봄햇살이 내려앉아 고즈넉한 절 뜨락에 서서 헐떡이는 마음을 다독이는데, 가냘픈 지저귐을 남기고 훌쩍 날아가는 한 마리 새를 보며 헛헛함을 달랜다.

옹기종기 어깨를 맞대고 앉은 가람 당우들이 여간 정겹지가 않다. 묵직한 시간의 향기가 봄바람을 타고 전해져 온다.

부처님 전에 하직인사를 올리며 합장을 하니 너가 가진 것 전부, 가슴속 시름 한 조각마저도 모두 다 내려놓고 가볍게 가라며 타이르신다.

적을수록, 버릴수록, 그리고 느릴수록 행복은 커진다
며….

백련사 일주문을 나서 구천동 계곡을 흘러내리는, 물소
리를 응원가삼아 등에 업힌 시간에 떠밀려 시오리 계곡 길
을 달음질치듯 하산을 서두른다.

계곡비경 30경인 연화폭포를 지나고 한참을 내려오며,
언뜻 옆을 보니 월하탄이란 이름표를 달고 선 팻말을 스치
듯 읽어보니, 선녀들이 달빛을 타고 춤을 추며 내려오듯
두 줄기 폭포수가 기암을 흘러내리면서 만들어진 담소란
다. 참말로 재미없는 시멘트바닥 시오릿길이 그나마 저런
비경에 대한 설명이 있어 한 번 더 계곡을 감상하게 되어
다행이다 싶다.

마지막 종착지에 도착하니 오후 5시 45분인데 꼬박 7시
간 15분을 걸었다.

오늘 하루 결코 만만치 않은 16.2킬로미터 먼 산길과 계
곡길을 걸어오는 동안 숱한 상념들도 내려놓고, 전신을 휘
감는 고단함도 부려놓은 채 다시 또 일상으로 돌아가야 하
는 해거름 귀갓길, 푸르디 맑은 하늘빛과 산등성이를 타고
넘던 시원한 바람결, 저들만의 언어로 조잘대던 산새들의
지저귐, 그늘을 드리운 나뭇잎들 모두가 내게는 한결 같이

고마운 벗들이었음을 안다. 이 세상에는 이유 없이 존재하는 것은 아무 것도 없다.

바람결에 나부끼는 나뭇잎새와, 길가에 아무렇게나 흩어져 구르는 돌멩이 하나 조차도 나름의 존재가치를 가지는 것이 자연의 이치이고 섭리이다.

광활한 우주 속에 한 점 먼지와 같은 내가 찰나의 이 순간을 산다는 것 역시도 그러하기에 세상 그 무엇보다도 고귀하고, 소중하게 여겨 내가 나를 지극정성 보듬고 사랑하리라.

민족의 영산(靈山) 태백산 천제단

태백산 가는 길목의 구문소!

경북 봉화가 끝나고 강원도 태백 땅의 관문인데, 산자락으로 군데군데 빈 아

파트들이 허름하게 늘어 서 있다.

80년대 전 까지 석탄 산업이 이 땅의 연료나 에너지 자원의 으뜸으로 군림할 당시, 저 집들이 바로 광부가족들의 보금자리였던 곳이었다.

그러나 그 자리를 석유한테 뺏기고, 80년대 이후 폐광지역이 늘어나면서 직장을 잃고 하나 둘 떠나버린 뒤 지금 저렇게 폐허의 흔적으로 남아있다.

유일사 매표소 입구에 다다르니 겨울 산을 찾는 이들로 온통 북새통이다.

산행들머리로 들어선지 10분도 채 안돼서 쥐틀? 같은 아이젠을 끌어맨다.

신작로처럼 잘 다듬어진 눈길 등로를 꽉 메우고 오르는 등산객들이 영화 '십계'에 나오는 모세와 유대백성들의 출애굽의 장면으로 연상이 된다.

이렇게 많은 사람들이 이토록 추운 겨울 눈 덮힌 험한 산엘 찾는 이유도 저들 머릿수만큼이나 사연이 다양하겠지만, 고지가 높아질수록 가다 서다를 반복할만큼 엄청난 인파이다.

산행 시작 한 시간 반이 지난 오후 2시!

능선의 주목 군락지는 온통 야전 취사장으로 변해있다.

주목(朱木)!

이들이 터 잡고 서 있는 이곳 산 먼당엔 소백의 묏등처럼, 이곳 역시도 가을을 따라 잎을 떨군 활엽수들의 빈 가지는 지금 설한의 찬바람에 신음 중이지만, 주목들은 뾰족한 잎새, 침엽수들 중 귀족의 기품으로 하얗게 언 겨울을 숙명인양 딛고 서 있다.

이들은 끊임없이 밀려오는 동해의 거친 파도처럼, 매서운 북서 계절풍의 날개 끝에 묻혀온 백두대간의 하얀 눈가루를 벌거벗은 몸으로 맞으며, 온산을 통째로 꽁꽁 얼려버릴 듯한 혹독한 추위에도 모질도록 질긴 삶을 살고 있는 것이다.

살가죽 뜯긴 험한 몸뚱아리처럼, 겉껍질이 벗겨져 말라 죽은 듯한 회백색 나목, 세월의 풍상에 닳아버린 부러지고 찢긴 가지, 그런데 그 죽은 듯이 뭉툭한 둥치 끝에서 다시 뻗쳐 나온 나뭇가지에 생명을 움틔워 작은 바늘잎들을 매달고 선 처연한 모습에서, 저들의 강인한 생명력을 베껴 본받아 이 땅에 척박한 터를 일구고 살아온 인동초(忍冬草) 같은 우리 선조들의 삶을 본다.

마침내 떠밀리듯 올라선 태백산 정상 장군봉!

강원도 태백과 영월 그리고 경북 봉화의 경계에 1567미 터의 키로 우뚝 솟은 뫼봉으로서 이름그대로 '크고 밝은 뫼' 성스러운 태백산!

그 정수리에 돌을 쌓고 둘러 만든 제단을 이고 있다. 바로 장군단이다.

멀리 북쪽으로 함백산의 모습이 늠름하고 장엄하다. 발길을 남으로 향하여 능선길을 따라 걷는다.

드디어 영봉의 정상 천제단이다.

'천제단!'

까마득한 고조선 때부터 하늘에 제사를 지냈으며, 신라

시대에는 중악의 팔공산을 비롯하여 동서남북에 각각 토함산, 계룡산, 지리산과 더불어 신라의 5악 중 북악으로 지정될 만큼 명산으로 대접받는 것도 바로 이 천제단을 세운 영봉의 신령스런 터 때문이 아닐까 상상해 본다.

백두대간의 척추를 이루는 태백산 구비, 비록 산세는 눈을 떼지 못할 정도의 기암괴봉도, 입을 닫지 못할 만큼 감탄을 자아낼 계곡도 없는 보기에는 그저 밋밋한 능선의 육산이지만, 오랜 옛적부터 천제를 지냈으며 지금도 해마다 개천절이면 제사를 올리고 있는 민족의 영산임을 어쩌랴.

고려 시대의 안축은 이렇게도 읊었다.

'태백산!'

"허공을 곧추 올라 안개 속으로 드니, 비로소 더 오를 곳 없는 산마루임을 알겠네. 둥근 해는 머리위에 나직하고, 둘레의 뭇봉우리들은 눈 아래 내려앉네. 나도 구름에 몸을 실으니 학의 등에 올라 탄듯 하고, 허공에 걸린 돌층계는 하늘 오르는 사다리인양 하네."

저 남동쪽 능선을 따라 가다 보면 문수봉이 반기겠지만, 천리 먼 길 약속의 땅(?)으로 가야하는 일정에 아쉬움만 남기고 당골로 내려선다.

이 길이 눈만 아니라면 한참의 계단길로 이어지겠지만 눈덮힌 지금은 경사 가파른 눈길로 변해버렸다.

앞사람과의 충돌을 피하며 10분여를 미끄러지듯 내려오니 오른쪽 길옆에 단종비각이 서 있다.

숙부의 탐욕에 비정하게도 어린 삶을 마감한 세종의 장손 단종이 죽기 전날 밤에 어느 스님의 꿈으로 현몽하니 그 스님이 어린 넋을 위로코자 세운 비각이다.

왼쪽 저 아래로 망경사가 한 눈에 들어온다.

경사진 눈길을 가득 메우고 하산하는 행렬이 도도히 흐르는 장강의 물줄기 같다. 마치 온갖 새설들로 조잘거리는 계곡의 물이 강물이 되고나면 거대한 침묵 속 유유한 율동의 몸짓으로 바뀌는 그런 움직임으로….

발목을 덮을 만큼 푹신거리는 눈쌓인 하산길은 어느새 나를 아련한 동심으로 이끈다.

초가지붕이랑 장독대, 너른 안마당과 사립문 밖 앞길마저 하얗게 덮어버린 눈 내린 산골마을에서 온종일 신나게 뛰놀던 그 어린시절이 사무치게 그립다.

반재를 지나 계곡을 끼고 이어지는 평탄한 내리막길, 발밑에서 뽀드득, 뽀드득 밟히며 만들어내는 단박자 음률이 참 정겹다.

어느덧 한 낮의 겨울해가 어스러지는 해거름녘 당골 눈꽃 축제장에 발걸음을 놓는다.

'당골!'

당골이라는 이름은 누가 붙인 이름이 아니라, 오래 전부터 이곳을 터 잡아 살아온 옛님들끼리 처음부터 그렇게 불려 전해져 왔을 것이다.

'당(堂)'은 집이며 집은 뭇생명들의 생산처이며 양육처이다.

옛날부터 우리 조상들은 산을 그저 자연적인 하나의 형태소로만 여기지 않고, 삶의 터전이며 마을의 수호신으로 알았기에 제단이나 제각을 지어 해마다 당산제 같은 제사를 올렸다.

하여 작은 마을에서도 당산각을 지어 동제를 지냈던 것처럼 이곳 태백산에서는 나라의 발복과 태평성대를 염원하며, 하늘에 올리는 성스러운 제사를 이 땅에서 가장 신령스러운 태백산 영봉에다 천제단을 차렸던 것이리라.

'당'이 집이고 이러한 산도 집이 되는 것이다.

그러므로 집 우(宇)와 집 주(宙)를 합하여 하늘의 큰집인 '우주'라 불렀듯이, '당산'도 집이 둘이므로 바로 땅위의 큰집이 되는 것이니 이 태백산은 곧 우리 민족의 큰집인 셈이다.

'골'이란 말은 '골짜기'도 되고 '고을'도 되는 각각의 준말로 쓰이는 글자이다. 그래서 '당골'은 우리들의 큰집인 '태백산으로 드는 골짜기' 쯤이지 싶다.

여름날은 고양이 걸음처럼 살금살금 다가오던 어둑살이 겨울철에는 수평선 위로 솟구치는 해돋이처럼 어둠이 순식간에 사위를 점령해버린다.

높은 산, 깊은 골짝 당골이 점점 먹빛을 더할 무렵, 하루 종일 뒤뜰과 안마당과 텃밭을 헤집다 뒤뚱, 뒤뚱 제집 홰대에 오르는 닭들처럼 우리도 보금자리 버스 속으로 들고는 골짜기를 벗어난다.

비몽사몽간을 방황하다 새벽 퇴깽이 눈비비듯 일어나 창밖을 보니 버스는 봉화에서 영주로 가고 있다.

삭풍에도 늠름한 기상의 소백산

소백산 죽령!

해발 700미터이면 이 산의 허리춤이다.

우수를 사나흘 앞둔 늦겨울 하늘은, 진눈깨비도 아니고 싸락눈도 아닌 아주 작은 얼음알갱이 안개가루를 산면당이며, 자락에다 온통 뿌옇게 뿌려 놓았다. 이 고갯마루, 충청도 단양과 경상도 영주 땅을 넘나드는 큰 고개이다.

"구름도 쉬어가는 죽령 고갯길, 육십리 굽이굽이 사연도 많아, 도솔봉, 연화봉에 비로봉까지, 산천은 의구하여 그대로인데, 그 옛날 청운의 꿈 넘던 그 길도, 흐르는 세월 속에 버림받았네. 삭풍에 살을 에는 눈보라길을, 길손은 재촉하며 발길 예놋다."

천문대까지는 산길이 아니라 비포장 고속도로이다.

삼라만상이 엄동에 꽁꽁 얼어붙어 고요한 산속, 들리는 것이라곤 키 큰 나무들의 머리채를 흔드는 바람소리와 아이젠 발밑에서 신음하는 발자국 소리뿐이다. 오늘은 오만가지 생각도 내려놓고, 시름도 접어둔 채 무작정 걷기만 하자며 걷는 사이 어느새 연화봉 먼당까지 와버렸다.

거기에는 낮게 내려온 하늘이 이미 산봉우리와 입맞춤을 하고 있다.

하늘이 하얀 입김을 더 많이 학학 뿜어내고 있었다.

더운 입김은 이내 습기 머금은 싸락눈이 되어 삭풍의 무등에 업혀 아무한테나 사정없이 노략질을 해댄다.

나는 도대체 이 봉우리가 왜 연꽃의 이름을 얻었는지 모른다.

그렇지만 연화란 얼마나 아름답고 예쁜 꽃인가.

비록 제 발목을 더러운 웅덩이에다 담갔을망정 천하 없이 맑고 깨끗한 자태로 목을 빼 올려 수줍게 웃는 꽃송이, 마치 우리들이 사는 이 세상이 아무리 속진번뇌속이라 할지라도 정갈하고 바르게 살아가기를 본받으라는 듯이 함초롬히 피어난 연꽃!

이토록 거칠고 삭풍 더센 소백산 남쪽 봉우리인 이곳에다 하필이면 연화라 이름붙인 이는, 아마도 연꽃과도 같은 아름다운 마음씨를 가진 사람임에 틀림없을 것이다. 그래서 부처님 제자들은 연꽃을 불교를 상징하는 꽃으로 여긴다. 지나온 길을 건너다보니 저 고개 너머 도솔봉이 서 있다.

도솔봉은 도솔천에서 빌려온 산이름이다.

도솔천!

불교에서 말하는 세계의 중심에 서 있는 수미산 꼭대기에서 12만 유순 위에 있는 욕계(欲界)6天 중 제4天이다.

이 도솔천 내원궁은 석가모니 부처님이 2600년 전 인도에 사람으로 태어나기 전에 머물면서 중생교화를 위한 하생(下生)의 때를 기다리던 곳이다.

그리고 현재는 미륵보살이 성불을 위해 머물고 있다고 한다.

혹시 저 도솔봉에 미륵보살이 지금 살짝 와 계신거는 아닐까? 하기사 삼라만상, 두두물물이 부처 아님이 없지 않은가.

북쪽으로 걷고 걸어 비로봉으로 오른다.

주목군락지 탐방로 나무계단이 일직선으로 나 있을 뿐, 천지사방이 하얀 설국의 평원이다.

길옆에 상고대를 매달고 설화를 피운 나무들이 와들와들 떨며, 연신 매서운 겨울바람에 억지춤을 추고 있다.

바람은 어디로부터 와서 이곳에서 소리 내어 울고 있을까?

아마도 남모르는 서러움을 달래줄 이 그리워 여기까지 달려와 저 나무들과 함께하는 것인지도 모를 일이다. 내가 감추지 않았다면 내 콧잔등도 데불고 갔을 것이다.

1439미터의 돌이름표를 머리에 이고 있는 비로봉 정상!

'비로봉!'

인도에서 태양을 뜻하며, 한자로 음역하여 비로자나라 부르는데, 태양은 모든 곳을 두루 비춤을 비유하여 광명변조(光明遍照)라 번역한다.

온누리에 깃들어 있는 영원무변, 보편타당한 진리당체로서의 부처, 즉 진리 자체를 인격화하여 붙인 이름으로서 전 우주에 두루 충만해 있으므로 세상 만물이 모두 비로자나 부처님의 화현인데, 이 봉우리에 서린 정기가 여간 예사롭지가 않아 붙여진 이름일지도 모르겠다.

북서쪽 사면에 하얀 눈이불을 덮어쓰고 있는 키 작은 나무들, 천연기념물로 보호하고 있는 이 땅의 대표적인 주목 군락지이다.

저리로 계속 내려가면 단양의 천동계곡이고, 북쪽으로 계속 발길을 놓는다면 국망봉을 거쳐, 구인사로도 가고, 봉화로도 가며, 순흥죽계로도 갈 것이다. 순흥이 조선중기

이전, 세조의 왕위찬탈 사건 이전만 해도 인삼의 주산지로서 물자가 풍부하여 도호부를 둘 만큼 조선팔도에서 가장 영향력이 센 지방이었다. 역모지(逆謀地)라해서 그 넓은 순흥이 갈갈이 찢겨져 지금은 한갓 일개 면단위로 명맥만 겨우 이어가고 있을 따름이다.

사진 한 컷 찍느라 장갑을 벗었더니, 겨우 셔터 한 번 눌렀을 뿐인데도 나의 손이 내손이 아니다.

이 바람은 분명 백두산 천지에서 발원하여 대간의 등줄기를 타고 이곳까지 온 것이 분명하지 싶다.

안 그러면 이토록 모질고 매서울 수가 없을 것이기 때문이다. 그래도 오늘 부는 바람은 양반 폼새인데, 소백에 몰아치는 겨울 떵바람의 본모습은 당한자만이 안다. 나도 재작년 겨울에 당해봐서 어느 정도 안면이 있는 축이다.

바람아 안녕! 비로사로 내려오는 정상의 남동사면은 봄이 꿈틀거린다.

삼가마을로 내려서니 하늘 위에는 구름이 팔자걸음을 걷고 있다.

세월도 쉬어가는 양반골, 늦겨울 경상도 북부고을인 영주땅을 벗어날 즈음에는 어느새 땅거미가 슬금슬금 눈치를 보고 있었다.

속세를 등진 이들을 보듬는 속리산 관음봉

아늑하다. 산속이…

언제나 어머니 품속같이 포근한 산, 그 산을 터전으로 하는 온갖 수풀과 나뭇잎들이 내뿜는 숲향이 코끝을 스치고, 풀벌레 소리가 귓전을 핥으면 나의 몸은 파르르 기함을 한다.

그러나 이제 이 숲속의 숱한 생명들이 그동안 신나는 숲속의 잔치도 끝내고, 머지않아 잎을 떨궈 몸무게를 줄이고 땅속으로 웅크려 들어 고요한 적멸 속으로 스러질 것이다.

속리산!

고운 최치원 선생은 이렇게 읊었다.

"도는 사람을 멀리하지 않는데 사람은 도를 멀리 하고,

산은 속세를 떠나지 않으나 속세는 산을 떠나는구나."

도불원인인원도 道不遠人人遠道,

산비리속속리산 山非離俗俗離山.

한 시간 여 만에 오른 문장대!

사람들이 처음 이곳을 이름한 것은 운장대라 했다.

운장대(雲藏臺)!

자신의 고고한 모습을 구름 속에 감추고 선 듯한 모습이라 하여 그리 불렀는데, 어느 땐가 세조가 올라 경치에 홀딱 반해 시를 읊었다나, 풍월을 읊었대나 해서 그 이후로부터 지금 불리는 문장대(文藏臺)라 하였단다.

만약에 내보고 '너는 어떤 이름으로 할래?'라고 물으면 나는 단연코 앞서 불린 이름을 고집할 것이다.

자고로 자연 속에 붙여진 어떤 것의 이름이라는 게, 사람이 개입되어 붙여진 것 보다는 자연과 더 어울리는 이름이 얼마나 더 운치가 있고 멋있어 보이겠는가. 하기야 사람도 자연의 일부가 아니냐고 한다면 어쩔 수 없지만…

그런 잡생각 속에 문장대를 오르고 내려와, 무려 41년 만에 개방했다는 속리산 서북쪽의 관음봉 방향으로 내리막길을 한참동안 가다 되돌아서서 문장대를 바라보니 참으로 웅장 기묘한 모습으로 우뚝 서 있다.

관음봉으로 오르는 바윗등 심한 비탈을 줄을 잡고 기다시피 오르는데 이건 숫제 70년대 중반 말단 소총수로 군대 생활을 할 때의 절벽 오르기와, 하강을 하던 용문산 유격 훈련이나 다름없다.

그러나 그때는 나 혼자 아무리 잘해도 한 넘만 잘못하면 조별로 모들티리(모조리) 단체기합을 받았지만, 여기서는 설사 엉금엉금 뭉기적 거려도 뒷사람들한테 쬐끔 미안한 마음은 들지만 그렇다고 누가 워쩔 것인가. ㅎㅎ

그래, 그래 욕(?)보며 올라가는 982 관음봉(觀音峰)!

속세간 모든 이들의 온갖 희로애락한 소리들을 다 들으며 대자비의 손길로 어루만져주시는 관세음보살님과 같은 산봉우리라니…

아니 비탈진 바위꼭대기에 까마득히 비껴 서서 아무나 쉽게 다가가기조차 어렵고, 무섭기만 한 저 암봉이 관음보살 봉우리라고?

마치 내한테는 무섭게 두눈 흘기며 다가서면 절벽 낭떠러지 아래로 처박아 버릴 듯 숭(凶)악한 악마구니처럼만 느껴지니 차라리 마군(魔軍)봉이 더 어울리겠다.

그런데 어라, 가만…

조금 전까지 후들후들 다리를 떨며 오금저리며 기어 올라온 바위 자락이었는데, 그 위를 올라와 이렇게 편안히 지금 내가 걸터앉아 쉬고 있는 이 너럭바위는? 옳아. 그랬구나.

그렇게 힘들게 올라왔으니 이제 내 품에 안겨 포근하게 쉬라며 당신의 치맛자락을 널찍하게 펼쳐놓으셨구나.

그런 깊은 뜻이 담긴 줄도 모르고 나는 관음보살님을 몰라 뵈었습내다그려.

그래서 여전히 나는 미욱하기 그지없는 중생일 뿐이다.

그렇게 관음봉을 내려와 계속하여 묘봉 쪽으로 발걸음을 놓는데 그 길도 여간 녹록치가 않은 산길의 연속이다.

이윽고 속가치에 다다른다. 속가치라? 무슨 뜻일까?

치는 고개를 뜻하는 치자(峙字)인줄 알겠지만 속가는?

에이 좀 한자말도 좀 병기를 해놓던지 안하고시리…

그렇게 또 한참을 오르락내리락하며 도착한 곳은 북가치다.

뜻을 모르긴 북가치나 속가치나 매 일반이다.

그리고 묘봉은 외면했다.

한 600미터쯤만 더 오르면 바위덩어리가 감투모양이랑 말, 병풍, 장군, 치마, 아기업은 모양, 낭바위, 덤바위 등 그 형상들이 기기묘묘하다하여 붙여진 이름의 묘(妙)봉을 감상할 수가 있지만, 시간이, 그 시간이 모자라 아미타부처님의 처소인 미타암이 있다고 가리키는 쪽으로 하산을 결심했다.

호젓한 숲속 오솔길이다. 하산걸음을 더할수록 숲속의 빛깔이 산 면당과는 딴판이다.

여기는 아직도 푸르름을 한껏 머금어 숲속향기를 발산하고 있습니다.

제법 널찍하게 널브러져 비스듬히 누워있는 계곡바윗등에 곡수가 신나게 미끄럼을 타며 흘러내리고 있다.

숲길이 끝나고 마을 뒤안으로 들기 전, 길 옆 채소밭에는 초록금덩어리(?)들이 빼곡히 차있다.

한포기, 한 뿌리에 만원을 호가하는 금배추, 금무우들….

길 아래쪽 밭에는 매운내를 폴폴 풍기며 빠알간 고추들이 무진장이고 밭이랑을 넘어 길 쪽으로는 고구마줄기가 발을 뻗어 기어 나온다.

그 위로 이미 서산을 기웃거리는 여린 가을 햇살이 내려앉고, 독립운동 고장인 용화마을의 손바닥 만 한 용화분교 운동장에는 공차기 놀이로 왁자지껄 풋풋한 웃음꽃들이 저무는 가을하늘위로 높이, 높이 피어오른다.

충절의 혼이 깃든 황석산(黃石山)

　황석산 발치에서 쳐다 본 산 중턱은 군데군데 진노랑 물감으로 채색한 듯 아직도 지우지 못한 늦가을 그리움의 향기를 품고 있다.

　봄날처럼 포근한 날씨에 한적한 산골의 풋풋한 공기를 온몸이 안달하며 취한다.

　산자락 초입, 벌겋게 속살을 드러낸 채 신음하고 있다.

　누굴까? 함부로 남의 옷을 벗기고 저토록 심한 생채기를 낸 사람은?

　청량한 햇살이 숲속 품으로 파고들어 때깔 고운 단풍잎은 이미 땅으로 귀향하고, 제 피붙이들을 떨궈낸 나무들은 벌거숭이로 서 있다.

　아직도 작별이 아쉬운 몇몇 잎새들이 앙상한 가지 끝에

서 떨고 있지만, 귀향을 끝낸 저 낙엽들은 도심 속의 가로수 이파리들처럼 포도(鋪道)를 뚫고 흙속으로 들지 못한 채 나뒹굴다, 바람이 부는 대로 사방으로 흩어져 버리지 않고, 나목의 발등과 발치 언저리만을 고집하는데, 그곳에서 부토가 되어 새봄이 오면 다시 제 어미나 이웃의 팔다리에 움터서 매달리게 될 걸 기다리며, 그렇게 한 철 살림을 마칠 것이다. 발밑에서 바스락, 바스락 밟혀 기함하는 그들을 생각하며 걷다보니 어느새 능선이다.

　조망이 수월한 자리에서 하늘을 보니 구름 한 점 없는 청한 빛이다. 그곳에 삼각의 바위 봉우리가 걸터앉아 있다.

　까마득히 손가락만한 사람들의 모습이 아른거리고, 겨울을 건너 뛴 채 봄날이 다시 온 듯한 포근한 날씨, 설마 저 바위능선은 바람이 동무하고 있겠지.

　드디어 봉우리 산성벽에 다다른다.

　자연과 멋쩍은 인공의 조합으로 서 있는 황석산성!

　함양군 안의면과 서하면의 경계지점에 고고히 우뚝 솟아 오른 바위산!

　정상에서 남북으로 뻗은 능선을 따라 저 아래 용추계곡을 보듬고 선 포곡식 산성으로, 삼각산정에서 뿜어지는 기운이 예사롭지 않은 기품과 위엄이 서려 있다.

백두대간의 정강이쯤에 해당하는 남덕유산에서 대간의 발치, 지리산으로 걸어가다 월봉산을 거쳐 다시 한 번 굽이쳐 오른 금원과 기백, 그리고 거망과 황석산의 네 봉우리.

그 중 제일 끝자락에서 가장 남성적인 기상으로 삿갓처럼 솟구친 황석산!

우리의 강토 어느 한 곳인들, 산하를 터전삼아 살아온 이 땅 선조들의 피와, 눈물과, 고통과, 원한이 얼룩지지 않은 곳이 어디 있으랴마는, 여기 이 황석산의 처절한 비통함도 결코 적지 않다.

멀게는 신라와 백제가 용쟁의 호투를 하였을 것이지만, 그야 아득한 옛적 일이라 당시를 지켜보며 지금껏 서 있는 이 산과 저 하늘만이 알 뿐…

1592년 임진왜란 이후 5년 후 재침한 정유재란, 왜적은 곡창지대인 호남으로 든 길목 요충지인 이곳을 뺏기 위해 2만7천의 군사로 쳐들어왔다.

이에 함양군수, 안의현감, 그리고 김해군수가 이끄는 관군과 군민으로 이루어진 의병 등 5백여 명이 사흘간 치열한 공방전을 펼쳤으나 김해군수 백사림의 배신으로 성은 함락되고 군민 의병들은 북쪽 바위 절벽으로 몸을 던져 장렬히 순국하였다.

그 아래 바윗돌은 선혈로 염색이 되었으니 그곳이 바로 피바위다.

산세가 웅장하고 조망이 좋다하여 그냥 걷고 즐기기 보다는 지금 내가 있는 이 산에 얽혀있는 전설이나, 산이 간직한 역사 한 토막이라도 음미하며 걷는다면 좀 더 알찬 산행이 되지 않을까 혼자 생각해 본다.

인공의 산성 능선에서 배낭 무게를 줄이고 거망산을 향해 걷는다.

북쪽으로 난 산성 능선에 돌거북이 한 마리가 고개를 쳐들고 북녘을 향하여 발이 묶인 채 서 있다.

저 아래, 산내골로 내려서는 한 지점에 4백 여년 전, 그 충절의 선혈로 얼룩진 피바위가 그날의 한을 품은 채 누워 있을 것이다.

탁현 마을 하산지점을 지나고 수직으로 떨어지는 경삿길과 비탈 오르막길을 반복하는 동안 다소 지루함을 느낄 즈음에, 허연 수염을 다 뽑혀버린 억새들이 꺼이, 꺼이 울음을 울고 능선 소롯길은 산죽들이 살며시 길을 비킨다.

이내 넓은 억새 군락의 평원이 펼쳐지는데, 저 건너 비탈진 억새 봉우리가 바로 거망산이다.

'거망산(擧網山)!'

잡을 것이 무에라고, 그물을 들어 올려 거망산이 되었을까?

예서 더 앞으로 나아가면 월봉산을 거쳐 남덕유산으로도 가고 수망령을지

나 금원산으로도 갈 것이지마는, 그곳들은 눈에다 풍경 미술만 그려넣고 지장골로 내려선다.

이곳 산속에서 푸른 것은 오로지 산죽 이파리들뿐이다.

사철을 푸른 지조의 삶을 사는 소나무가 없으니 제딴에는 그래도 절개의 상징인 대나무족이라고, 이곳에서 키큰 송죽을 대신하여 비록 난장이 댓잎일망정 체면치레를 하였구나.

가파른 비탈 내리막길과 계곡옆으로 난 오솔길 숲속엔 봄, 여름동안 무수한 생명들이 그리도 날갯짓 하고, 목청을 뽑아대던 벌나비와 매미, 산새들의 지저귐도 모두 사라지고 텅 빈 숲이다.

산자락은 이내 용추계곡에 맞닿아 있다.

'용추계곡!'

심산유곡의 절경에 취하고 진리를 찾아 삼매경에 흠뻑 빠져든다 하여 심진동(尋眞洞)일까?

심진동 계곡의 울창한 원시림과 맑은 물이 흐르는 용추

계곡, 삶이 힘들면 힘든 대로 자연과 세월에 순응하여 살다보면 때로는 가슴 벅찬 환희를 맛볼 수도 있음을 말해주기라도 하는 듯, 곡수를 흘러내려 웅장한 용추폭포뿐만 아니라 곳곳에 용소, 매바위, 심연정, 상사바위 등 절세의 비경을 숨겨두고 있다. 저 계곡, 인간의 소리가 아닌 쉴 새 없이 조잘대는 저들만의 언어에 귀 기울여 들어보면, 탐욕스런 인간들의 삶을 물흐르듯 마음 비워 청정한 순리의 삶을 가르치고 있다.

곡수에 발을 담근다. 얼음속 물이다. 단 10여초도 버티지를 못한다.

땀으로 얼룩진 얼굴에도 물질을 한다. 그래 찌든 때 낀 곳이 어디 손발과 얼굴뿐이겠는가!

흐르는 이 계곡물에 이 내 마음의 때도 말끔히 씻겨졌으면 오죽 좋으랴.

계곡의 크고 작은 골골의 물이 흘러 모여 마침내 웅장거대한 폭포를 만들어내니, 바로 거대한 용이 물굽이쳐 오르는 모양의 용추(龍湫)폭포이다.

15미터 높이에서 떨어지는 거대한 물폭탄은 속 깊이가 십 수 미터나 되는 용소를 이루었는데, 그 엄청난 위력은 그야말로 용소바닥을 뚫어버릴 기세이다.

'용추사!'

옛 장수사(長水寺)의 수많은 부속 암자 중 현재까지 남아있는 유일한 사찰로서 지금은 해인사의 말사로 등록돼 있다.

6.25 사변 때 완전 소실되었다가 근년에 재건하여 지금에 이르는데, 그 옛날 신라의 원효와 의상대사가 머물던 첩첩의 산중 이곳 부처님 처소에, 천년의 장구한 세월이 흐른 뒤에도 서산과 사명대사의 발길이 이어져 온 것이 어쩌면 용추사의 범상치 않은 풍수지리 때문은 아닐까?

그리고 장수사!

옛 사대부 유학자들은 산자수려한 터에다 풍류의 욕심으로 정자를 짓고, 고승대덕 스님들은 명산에 대찰을 세웠다.

남덕유산의 자락인 이곳 용추계곡에도 신라의 고승 각연대사가 소지왕 9년(487)에 장수사를 창건하였다.

10개의 말사를 거느릴 만큼 대찰이었지만 애석하게도 6.25사변으로 잿더미가 되어, 지금은 달랑 일주문 하나만 쓸쓸히 서 있어 안타깝기 그지없다.

늠름한 황석산성과 천혜의 비경을 간직한 용추계곡!

우리는 오늘 그 산정에서 호연지기를 키우고 자리 낮춘 계곡에서 겸손을 익히고 산을 나선다.

노자가 그랬다.

〈계곡은 낮은 곳에 자리하여 받아만 들일 뿐, 높이 나아가기를 바라지 않는다〉고-

장자도 그랬다.

〈물은 낮은 곳으로 흐르기만 할 뿐, 거슬러 오르기를 고집하지 않는다〉고-

어느새 깊은 골짜구니 숲속에는 땅거미가 고양이 걸음으로 다가오고 있다.

철쭉향 머금은 지리산 바래봉

찌푸린 회색의 하늘빛이 본래의 제 모습인 맑은 얼굴로 드러낸 것은, 지리산 서북능선의 세걸산 자락인 운봉읍 공안마을에 다다른 즈음이다.

버스를 내리니 눈부신 햇살이 제일 먼저 달려와 반갑게 안기고, 싱그러운 산속 품이 그리운 몸이 안달을 한다.

산! 그곳은 천지가 분별되지 않는 자유의 만개 공간이다.

산속으로 들기 위해 전북청소년 수련야영장으로 오르는 길, 시멘트 포도(鋪道) 위로 쏟아지는 만춘의 따가운 햇살을 피해 그늘진 곳으로 옮겨 가며 걷는다. 숲 가운데로 난 길 양편에서 그늘을 드리운 나무들!

이 나무들은 자신만을 위해 그늘을 만들지는 않았을 것이다.

고맙구나. 너희들이 드리운 그늘로 인해 더욱 기분 좋은 산행 길에 이토록 맑은 바람까지 청해오다니…

산자락은 무성한 녹음으로 그야말로 연둣빛 천지인데 초록이 서러움을 토할 지경이다.

햇살과 그늘의 공방이 이어지는 숲속엔 수풀과 흙내음으로 버무려진 숲 향이 가득하다.

'세동치(世洞峙)!'

속세 마을을 벗어나고픈 사람들의 마음을 헤아려 여기에다 이런 이름을 붙였을까?

오른쪽으로 올라가면 세걸산을 보듬겠지만, 오늘은 반대 방향인 바래봉이 목적인데 이제부터는 완만한 오름길과 내리막을 시이소 타듯 걷고 긴 능선을 걸으며 또 걸을 것이다.

걸음의 끝자락 능선에 흐드러지게 만발하여 기다리고 있을 철쭉을 만나기 위해…

걷는다는 것, 산을 걸을 때는 천천히 걸을 일이다.

서둘면 앞사람 뒤꿈치만 보이지만, 천천히 걷는다면 하늘도 내려와 나에게 안기고, 먼 산들도 손을 흔들며 인사를 한다.

멀리 있는 그들도 그러한데, 하물며 몸 가까이에 서있는

풀과 나무, 작은 돌멩이 하나인들 그냥 가만히 있겠는가!

그들이 내 눈을 통하여 내 가슴속을 들락거리며 끝없이 무언의 대화를 재잘거린다.

그러나 그들이 내가 되고 나 또한 그들이 되어버린다. 육안으로 뵈지 않는 마음은 그들과 하나 된 지 더 먼저이고, 때로는 마음에 가려진 눈이 앞을 보지 못하는 사이 심술궂은 돌부리가 장난을 걸기도 한다.

천천히 걷는다는 것, 대부분의 많은 사람들은 아마 이 '천천이(히)'라는 단어가 순 한글로 된 말인 줄 알고 있지 싶다.

'천천이'라고 쓰는 말은 한자로 된 우리말이다.

천(辿)자는 '쉬엄쉬엄 갈' 착(辶)변에 '뫼' 산(山)으로 이루어진 글자로서 '느릿느릿 걸을' 천(辿) 자(字)이고, 이(迆) 자는 '어조사' 야(也)를 '쉬엄쉬엄 갈' 착(辶) 변에 붙여 쓴 '가만가만 걸을,이(迆) 자이다.

산을 지고 가는 걸음이 빠를 수 없으며, 느릿느릿 걸을 수 밖에 없고, 조심하여 가만가만 갈 수 밖에 없다는 뜻의 한자로 된 우리말이다.

그러나 산행뿐만 아니라 매사가 균형에 맞을 때만이 바람직한 일이지만 그 균형을 맞추는 일이야말로 결코 쉬운 일이 아니다.

'부운치(浮雲峙)다!'

하늘을 떠도는 구름이 내려와 발품을 쉬려하나, 시원한 골바람이 쉴 새 없이 창날을 겨누고 있어, 구름이 쉬어가기에는 마땅치가 않은 고개 먼당이다.

땅에서 사는 우리에게나 해당하는 이름이다. 저 아래 부운 마을이 빤히 쳐다보고 있다.

바래봉 넘어가는 능선길 양옆에는 우리보다 키가 큰 수풀이 겨우 길만 내 놓았다.

그보다 더 키가 큰 나무들은 수풀을 헤치고 걷는 우리들이 애처로운지 아직도 크기를 더해가고 있는 잎새들을 매단 채 그늘을 드리워 서 있다.

느릿느릿, 그러면서 팔랑팔랑 걷다보니 어느새 팔랑치(八郎峙) 고갯마루다. 팔랑마을에서 올라온 것인지, 팔랑고개에서 내려간 이름인지는 몰라도 어쨌거나 사연 없는 무덤 없다고 이렇게 이름 붙여진 것에는 아무래도 여덟의 낭군에 얽힌 전설은 있지 싶은데….

여기서부터 저 북쪽 바래봉 먼당까지가 5월 한때, 온산이 붉은 꽃잔치가 벌어지는 철쭉벌이라 했다.

그러나 한 걸음 한 걸음 다가갈수록 실망감이 비례한다.

구경 잘하라고 꽃수풀 사이로 나무다리를 만들어 조망에 배려를 해 놓았지만, 이역만리 머나먼 타국 땅으로 돈 벌러 간 외아들이 금의환향하기를 오매불망(寤寐不忘) 기다리며, 꼬부랑 작대기에 온 힘을 실어 뒷동산에 올라 흐려진 눈으로 동구 밖을 바라보는 늙은 홀어머니처럼, 우리의 때늦은 방문에 기다림에 지친 그들은 이내 여름으로 가는 계절의 수레에 몸을 실은 뒤였다. 차라리 청한 하늘에서 내려오는 눈부신 햇살을 받아 호호 깔깔 대며 햇살 대신 도로 하늘위로 날려 올리는 천진한 웃음소리가 더 즐겁고 아름다운 휴일 오후 산상모습이다. 지리산 전체를 조망하는 전망대 앞에 섰다.

부운치를 지날 무렵까지만 해도, 저 천왕봉은 뿌연 안개에 젖어 있더니 지금은 웅장하고, 늠름한 자태를 고스란히 드러내 놓았다.

왼쪽으로 중봉과 하봉을 거쳐 거대한 유평계곡을 향해 굽이굽이 달려 내려가고 있고, 오른쪽으로는 제석봉을 필두로 촛대봉 영신봉, ..봉,..봉,..봉을 거쳐 마침내 삼도봉에서 전라도를 넘어와, 반야봉과 노고단 등 일망무제 파노라마를 연출해내는 장관을 한 눈으로 조망하는 호사를 누린다.

다시 발길을 북으로 향한다. 눈앞에 높이 앉아 인자한 모습으로 바래봉이 굽어보고 있다.

'바래봉!'

백두대간의 지리산 서북능선 고리봉에서, 북쪽 지능선 상으로 뻗어 남원의 운봉과 산내면 양쪽에서 떠 받치듯 1167미터의 키로 솟아오른 둥글넓적한 묏등!

산세가 남쪽에서 올려다보면 마치 스님들의 공양구인 발우(바리때)를 엎어 놓은 모습을 닮았다하여 바래봉이라 불리워진, 5월 한 철을 진홍의 철쭉으로 수놓은 아름다운 산이다.

60년대 말, 박정희 대통령이 이곳을 면양시범목장으로 가꾸어 사육을 하였는데 양들이 먹을 수 없는 독성의 철쭉은 오히려 그들의 배설물이 거름이 되어 자연스럽게 무성한 군락지로 변하였으니, 우리네 인간사도 그러하듯이 자연 또한 천혜의 운은 어느정도 타고나는 것이리라.

바래봉 삼거리에서 숲속으로 난 가파른 하산길을 무리지어 내려가는 이들의 발길에 납작 엎드린 흙먼지가 나폴나폴 피어오른다.

길 한 켠에 비켜서서 나는 공(空)으로 바람에 땀을 팔고 있는데, 바람은 셈값을 못하겠다며 대신 짙은 솔향을 잔뜩 안겨준다.

　내가 좋다면야 다 가져가란다.

　이토록 자연은 늘 우리에게 주기만 하는데 아무것도 줄 것이 없는 나는…

　새로 세운 운지사 석탑은 알고 있을까?

　겉으로 보여 줄 수 없는 나의 송구스런 이 내마음을….

달뜨기능선 지리산 웅석봉(熊石峰)

산행 초입인 산청군 단성면 어천 마을, 이제는 집주인으로부터도 외면 받고, 버림당한 감들이 잎새 떨군 빈가지에 주렁주렁 매달려 있는 황량한 모습이다. 올 가을만큼은 금값을 자랑하는 배추무더기는 낱짚을 허리에 묶어 찬바람을 단속하고 있다.

마을 뒤안길에서 금방 산으로 드는 길이 나온다. 만추의 산속은 이미 조락을 끝내고, 삭풍 몰아치는 엄동을 준비하며 적막하게 기다리고 있다.

군데군데 지조와 절개의 소나무가 여전히 푸르름을 머금고 꿋꿋하게 버텨 서 있지만, 낙엽목이 대부분인 산속은 한 때의 화려한 단풍잎새 잔치를 끝내고 갈색 낙엽으로 이름을 바꾸어 그들의 발치에 엎드려 있다.

더러는 칼끝을 입에 문 바람에 쫓겨 다니기도 하면서….

웅석봉 가는 산길, 산머리까지는 좀 더 올라가야 하지만 아직까지는 아기자기하게 소롯길을 펼쳐 내어놓는다.

갑자기 추워진 날씨도 산속은 오히려 더 포근하다.

찬바람이야 산등성이에서 공중전을 하든 말든 거기를 향해 걷고 있는 이 산속은 평화이고, 자유이며 즐거움과 행복으로 가득하다.

지리산에서 한 발 물러 서 있는 이 산, 참 아늑하고 고즈넉한 산길이다.

된비알이 시작된다. 숨돌릴 틈도 없는 오르막길을 얼마나 걸었을까?

바람소리가 요란하다. 산 정수리에 오르니 제일 먼저 멀리 천왕봉이 맞이한다. 오른쪽 어깨를 중봉에 내어 주고 연이어 하봉과 쑥밭재를 타고 내려 온 산릉이 방향을 동으로 틀어 가락국왕이 올랐다는 왕등재를 타고 이곳 웅석봉으로 거침없이 달려왔구나.

그제서야 표지석을 본다.

'웅석봉(熊石峰) - 곰바우산!'

산세가 곰을 닮았다하여, 혹은 가파른 산을 오르던 곰이 떨어져 죽었다하여 불리어진 이름이라 한다.

아무렴 사지 멀쩡한 곰이 제집이 산인데 어떻게 떨어져 죽을까? 그런데 북사면을 내려다보니 낭떠러지 절벽이 아득하여 고개를 끄덕이게도 된다.

1099미터를 알리는 정상 표지석 앞뒷면에는 각각 곰 한 마리가 자리하고 있다. 제발 암수 한 쌍이 아니기를….

밭 갈고, 베 짜는 저 하늘나라의 청춘남녀는, 그나마 한 해 한 번일망정 은하수강 위로 놓인 오작교에서 회포를 풀기라도 하지만, 이 둘은 돌기둥 반대편에 묶여 영원히 얼굴 한 번 마주할 날이 없을 것 아닌가.

거센 찬바람이 자꾸만 아래로 밀어낸다. 등 떠밀려 내려가는 이 길이 바로 달뜨기 능선 마루금이다.

휘영청 보름달과 산이 만나는 능선, 반세기 전 빨치산으로 불리던 그들이 쑥밭재와 조갯골 등지에다 비밀 아지트를 만들어 토벌대에게 쫓기며 산속에서 살다가, 두둥실 밝은 달이 뜨는 날이면 향수에 사무친 그들이 너도나도 뛰쳐나와 달 바라기를 했다.

얼마나 가고 싶었을까 고향산천이, 얼마나 그리웠을까 두고 온 혈육들이….

그렇게 그들이 달뜨는 동산을 바라보던 곳이 바로 이곳 웅석봉 남쪽 능선 마루금인데, 그때 그들이 지어 불렀던 이름이 달뜨기능선인 것이다.

그런 달뜨기 능선에 우리는 겨우 발자국 흔적 몇 조각만 남기고 어천골로 내려선다.

눈처럼 수북이 쌓인 낙엽길, 산세가 워낙 가파르다보니 곧은 길을 낼 수가 없어, 스프링처럼 꼬불꼬불한 내리막 비탈길이 가도 가도 끝이 없다.

얼마나 내려 왔을까. 곡수의 음률이 산속 고요를 흐트린다.

땅거미 내려앉는 어천마을, 그리고 저 웅석봉의 너른 자락 언저리 여기저기에 흩어져 살아가는 산골마을 사람들.

반세기가 넘는 세월 전, 이념이 뭔지도 모른채 땅만 일구고 살아가던 순박하기 그지없는 그때를 살던 그 사람들은 낮이면 토벌대에, 밤에는 빨치산들에게 시달리고 또 억울하게 죽임을 당한 한 많은 마을이기도 하다.

어느새 늦가을 높은 산자락은 금세 어둑살이 짙고, 쫓기듯 웅석봉이 굽어보는 산마을을 내려온다.

팔공산 그 품속에 안긴 보물과 전설들!

'팔공산 관봉석조여래좌상!'

흔히 갓바위 부처님이라 부르는 곳. 산중턱도 채 되지 않는 곳에 이곳까지 올라오느라 목마른 중생들에게 감로수를 떠주고, 보듬는 관암사가 다소곳이 앉아 기다리고 있다.

잠시 숨을 고르고, 갓바위 부처님을 찾아 올라가는 산길은 가도 가도 끝이 없을 듯한 계단 오르막길인데 아마 길이 끝나는 그곳이 하늘나라인 천국쯤일 것이다.

아니지, 극락세계! 그래 까마득히 높은 바로 그 수미산과 맞닿아 있을 것이다.

'수미산(須彌山)!'

16만 4천 요자나의 끝없는 대지위로 우뚝 솟은 그곳에는 망망대해 영주바다가 출렁이는데, 그 바다의 깊이가 8만 4천 유순이고 산의 높이 또한 8만 4천 유순으로 치솟아 상상하기 힘든 높이를 이루는 온 우주의 중심산이다.

그 꼭대기 33도리천까지는 서른 세 개의 하늘세계, 즉 천계가 존재하는데 그렇게 어마어마한 수미산인들 지금 끝도 없는 이 오르막길에 비할까? 좀 심했나?

제법 조망이 괜찮은 곳에 걸터앉아 왔던 길을 내려다보며, 이제 겨우 사바를 벗어난 기분? 뭐 그런 느낌이 든다.

다시 한참을 또 오르니 드디어 관봉부처님 슬하이다. 그곳은 언제나 그랬듯이 평범한 땅이 결코 아니다.

사람이 산을 이루고 바다를 메운 듯한 말 그대로 인산인해-

이 많은 사람들이 저마다 한, 두 가지 소원하는 바를 빈다고 저 위의 돌부처가 진정 다 들어줄 것이라 굳세게 믿고 저리도 기계처럼 머리를 조아리고 허리를 구부려 납작납작 엎드린단 말인가.

그야 알 수 없지만 어쩌면 스스로 위안을 받는다면, 그걸로 소원 성취하는 셈이 되겠지만 부처님 머릿속은 참 어지럽겠습니다.

그 많은 소원수리를 다 들어주시려면 말입니다.

소원을 이루고자 하는 마음들이 처처곳곳에 묻어난다.

공양미를 준비하는 사람, 부적을 사는 사람, 복전함에 세종대왕과 퇴계선생을 모시는 이들, 그 중에서도 참 정성이 갸륵하고 지극한 흔적은 바위벽에다 동전을 우표처럼 찰싹찰싹 달라 붙여놓은 것이다.

바윗돌을 걸터앉아 굽어보시는 저 존귀한 분은 누가 어떤 마음으로 저렇게 모셨을까?

천 수백 여 년 전, 저분을 모신 그님은 장구한 세월 뒤에 나타날 오늘의 이 모습들을 미리 알기는 하였을까?

어쨌든 말없이 미소 짓고 굽어보시는 저 약사부처님, 〈그래, 그래 너희들이 이토록 외지고 험한 산길을 나를 찾아 힘들게, 힘들게 올라왔으니 내 너희들이 이고, 지고, 또 품어 갖고 온 온갖 소원들 중 하나씩은 들어주마. 험한 길 올라오느라 욕봤다. 힘들게 사느라 고생했다. 너희들이 사는 세속의 사바세계가 본래부터 고통의 바다, 고해가 아니더냐? 〉

은해사를 가려면 지금부터는 발에다 미끄럼 방지 틀을 채우고 걸어야한다.

부지불식간에 쓰고 봐도 괜찮은 우리말 표현법이네. '아이젠'이라는 남의 나라말 보다는 오래전에 어느 선각자가 그랬다.

"우리말쓰기에 맹목적으로 함몰되어 이미 우리말이 되어버린 한자말을 배척하고 나면, 양놈이 쓰는 외래말 영어가 그 자리 다 차지할 것이다."라고. 시방 이미 그 선각자 말처럼 된지가 오래다.

뽀드득 뽀드득!

발밑에 밟히는 소리가 지금 이 순간만큼은 신음이 아니라 사람과 자연의 만남에서 어우러지는 환희의 탄성처럼 들린다.

능성재로 넘어가는 산등성이에서 저 북쪽 멀리로 세 봉우리가 웅장하게 서 있다.

팔공산의 주봉인 비로봉과 동쪽의 미타봉, 그리고 서편의 삼성봉이다.

지금은 미타봉을 비로봉 동편에 있다하여 동봉이라 부르고, 삼성봉은 서편이라 하여 서봉이라 불리는데, 이는 본래의 제 이름으로 자리매김 시켜 주는 것이 옳고 또한 당연하다.

그 옛날 신라에서는 국토의 수호신이 거(居)한다 하여 오방에다 성스러운 산으로 신라오악을 삼을 때, 동은 토함산, 서는 계룡산, 남은 지리산, 북은 태백산을 정하고 그 중앙에다 바로 이곳 팔공산으로 했을 만큼 예사로운 산이 아닌데, 또한 신라가 불교국가인지라 팔공산은 경주남산과 금강산에 버금가는 불력(佛力)의 성산(聖山)으로 여겼다.

그렇기에 팔공산 주봉인 비로봉도 청정법신 비로자나부처님 이름에서 따왔고, 동봉인 미타봉 또한, 서방극락정토에 머무시는 아미타부처님에서 빌려왔으며, 서봉의 삼성봉 역시 삼성암에서 세분의 성인이 도를 깨우쳤다 하여 유래한 이름인 것이다.

그래서 본래의 제 이름표를 달아준 것이 맞지 않을까 싶다.

이윽고 능성재 갈림길에서 은해사쪽 하산 길로 접어들어 한참을 내려오니, 큰 바위 세 조각이 나란히 붙어 섰는데 이름 하여 삼인암이란다.

바위 뒤를 돌아 왼편으로 가면 중암암이 나오지만 바른 길로 쭈욱 미끄러져 내려와 백흥암으로 향한다.

백흥암! 비구니스님들의 수행처로서 잡인은 발을 들여놓지 말라고 문만 삐초롬하게 열어 놨다.

일 년에 부처님오신날과 백중절 두 번만 개방한다하니 문경 봉암사보다는 그래도 하루 더 인심을 쓴다.

그래도 나는 살며시 기어들어가 구경을 했다. 극락전 법당이 단청이 바래 아예 처음부터 하지 않았던 것처럼 맨살을 그대로 들어내는데 그래서 더 살갑게 다가온다.

외길로 뻗은 은해사로 내려가는 길은 너무나 한적하고 적요하다.

은해사 극락보전 부처님께는 직접 슬하에 엎드려 절하고 나와 산문을 나서는데, 산새도 풀벌레 울음도 사라지고 없는, 사찰경내 옆 개울가에 살얼음 사이로 흐르는 시냇물만이 시공을 점하고 있다.

지친 영혼을 포근히 보듬는 영축산 청수골

　세상사 하 어지럽고, 심란하여 마음 둘 곳 없을 때에는 모든 잡사 훌훌 털털 다 털어버리고, 그저 산으로 드는 것도 하나의 상책이다.

　특히 요즈음처럼 서쪽 중동지방에서 생전 듣도 보지도 못한 이상한 돌림병으로, 온 세상이 난리통을 겪고 있노라니 일상을 탈출하고픈 생각이 간절한 터에는 더더욱 그렇다 여겨진다.

　그리하여 지친 마음도 내려놓고, 고단한 몸도 좀 쉬고픈 시간, 울창한 삼림 속 굽이진 계곡을 따라 물소리 낭자(狼藉)한 오솔길을 아무 생각없이 머릿속을 텅 비운채로 마냥 걸어봄이 어떠한가.

　온종일 산새들 지저귀고, 풀벌레 울음이 숲속 가득 화음을 맞춰 주고, 그늘진 수목사이로 햇살 한줌 내려오는 틈새로 흰구름 몇 조각 여유롭게 흐르면, 옴팍 파인 바윗돌에 곡수가 그 하늘풍경을 아름답게 품어 안는 깊은 골짜기에 나를 던져 그들과 하나 된다면, 그 어찌 선계(仙界)가 따로 있다 할 것인가.

그래서 나선 을미년(2015) 유월 셋째 휴일 아침, 어제가 단오이고, 내일이 하지절이니 어느새 계절은 여름 속을 헤엄쳐가고 있는데, 오늘 하늘은 뭐가 불만스러운지 잔뜩 찌푸린 얼굴이다.

'청수골!'

푸른(靑) 숲이 울창하게 우거지고 맑디 맑은 물(水)이 사철을 흘러내리는 청정골짜기(谷)라고 스스로 작명해설을 덧붙이며 원시의 숲속으로 귀하신? 몸을 들여놓는다.

거년(去年) 이맘때쯤에 찾았을 때에는 전형적인 초여름 빛이 온 산하를 아우르더니 지금 이 시간, 머리 위 키가 큰 수목들의 잎사귀에 후두둑 떨어지는 빗방울소리가 안 그래도 노심초사 하던 참새가슴을 더욱 오그라들게 한다. 바람 한 올 없는 숲속, 형색이 소금에 절인 배추 꼬라지다.

계곡을 연해 이어지는 숲길을 곡수의 음률에 취해 걷노라니, 산속 이쪽저쪽에서 연신 주고받는 산새들의 언어가 여간 정겹지가 않다.

우리야 저들의 대화내용이 무슨 뜻인지 도통 알 길이 없지만, 다정스레 오가는 아름다운 그들의 지저귐이 숲속 고요를 흔들어 온통 저들만의 잔치마당을 펼친다.

저 아래 언뜻언뜻 비치는 골짜기를 흐르다 멈춘 실웅덩이가 여전히 뾰루퉁한 하늘을 다소곳이 담고 있는데, 저 곡수가 높이 오르고 싶어 부러운 하늘을 끌어안은 것인지 하늘이 발을 담그러 계곡으로 내려온 것인지 모르겠다.

지금 걷고 있는 이 호젓한 오솔길, 머리를 들어 하늘을 쳐다보지만 울창하게 우거진 나뭇잎사귀들에 가려, 하늘의 맨얼굴을 보기가 어려운 밀림속이다. 바람은 어디에 둥지를 틀었을까? 허공과 눈이 맞았는지 내려오지를 않는다.

좀체로 끝날 것 같지 않던 숲길도 숲 그늘이 옅어지고, 잿빛 하늘이 이마에 맞닿을 즈음에 신불재로 오르는 나무계단으로 이어지면서야 끝이 난다.

신불산 고개먼당에 오르니 북으로 마치 천국을 오르는 길목처럼 나무계단이 아스라이 이어지는데, 오르막 계단이 끝나는 그곳이 신불산 꼭대기이고, 남으로도 그런 계단이 끝간 데 없이 놓여있는데, 그 너머 너머로 가다보면 영축산 어깨위로 무등을 탈 것이다.

서북으로는 재약산과 사자봉이 자욱한 안개비에 단옷날 창포(菖蒲)에 감지 못한 머리를 지금에사 헹구고 있으며, 신불산 봉우리에서 동으로 뻗어 내린 저 돌능선은 공룡의 등뼈모양을 한 공룡능선이다.

　한 이십년은 되었을 성 싶다.

　어느 추운 겨울, 직장동료들과 석남사 뒷산 가지산을 올라 거기서 배내고개를 건너고 능동산과 간월산을 오르고 내려 간월재에 이르러, 겨울철 계절풍인 서북의 세찬 삭풍을 피해 동남사면으로 내려와 야영을 하고, 다음날 계속해서 영남 알프스 남쪽의 큰 묏등 영축산을 올랐다가, 백운암을 거쳐 통도사까지 종주를 했던 추억이 아련하게 떠오른다.

　지금도 머리위에까지 올라오는 높이의 배낭을 메고 이 능선을 그때처럼 종주할 수 있을까 짐작해보는데~

　애고! 아서라, 말거라. 늙기를 서러워하고 세월 탓을 해보지만 어찌할 것인가. 영축산을 향하여 계단을 타고 넘으니 사방이 자욱한 안개연기에 휩싸여 천지분간이 어렵다.

　더듬듯 오른 영축산 정상! 탁 트인 조망이야 일찌감치 포기했지만 아쉬움이 많이 남는다.

　아쉬운 대로 정상 표지석을 벗 삼아 어깨동무한 풍경을 사냥하고는 한결 가벼워진 발걸음으로 하산을 시작한다.

정상 등산로를 표시하는 사선장애물(?)을 넘고 시야를 어지럽히는 안개 장막 속을 헤치며, 오십 년 전 월남참전 용사들처럼 정글을 뚫고 나아가는 병사가 되어 고지탈환이 아닌 청수골 하산지를 향하여 전진하다 잘못된 길을 되돌아 나오는 등, 우리는 오늘 그 옛날 월맹군과 베트콩들이 말만 들어도 벌벌 떨던 따이한(大韓)의 용감무쌍한 맹호부대 장병도 되고, 귀신 잡는 무적의 사나이 청룡부대 용사도 되어 밀림을 헤치며 전진에 전진을 한다.

　골짝으로 내려가는 비탈길은 중간 중간에 너덜돌을 뿌려 놓는가 하면, 울퉁불퉁한 바닥 길을 펼쳐놓아 연신 발걸음을 붙들고 늘어진다.

　숲은 어이도 이리 무성할까? 이 숲이 이토록 무성해지기 시작한 것은 도대체 언제부터일까?

　도저히 가늠키 어려운 시간의 단위를 헤아려 짐작한다는 게 어리석음의 극치다.

　그냥 태곳적이라 치고 나는 시방 이곳에서 무엇이며, 어느 공간, 언제부터 존재하고 지금의 존재로 인연 지어져 여기를 터벅거리고 생각 속을 헤매고 있단 말인가?

　이 몸뚱이는 무엇이며, 생각하는 그놈은 또 무엇이며, 어머니 태중으로 들기 전의 본래모습은 어떠했을꼬?

저 아래를 흐르는 계곡물소리가 귀에 점점 가깝다.

저 물처럼 나도 물이 되어 흐르고, 물소리 따라 내 마음도 흘러내리다 흔들리며 또 흔들리다 흐른다.

그러다 온 자연이 하나가 되어 흐르고, 삼라만상이 물이 되고 흘러내리는 물소리를 낸다. 모양도, 소리도, 향기조차도 스며들고 녹아들어 세상사 모든 이야기를 만들어내어 수군수군 거리다 마침내 분열이 되어 나뉘고 흩어져 전부 제 갈 길로 흘러 흘러 가리니….

세상이 어수선할 땐 우리들 마음도 덩달아 심란해진다.

지금 구름에 가려진 해가 서산을 넘을 시간일 텐데, 그 해가 아침 시간 동해바다를 힘차게 헤엄쳐 나오면서 그 찬란한 빛을 세상을 비출 때는 누구나 오늘 하루 절망과 좌절, 포기나 체념보다는 희망과 승천, 도전과 신념을 가슴에 품듯이 작금의 들뜬 민심들이 이제는 좀 더 저마다 마음의 평수를 넓히고, 자잘한 것에 너무 안달하지 말았으면 싶다.

세상사 어느 한가진들 영구불변함이 없으며, 인연 따라 움직이지 않는 것이 없을진대, 좋다고 언제까지 그 자리 머물 수 없고, 싫다하여 억지로 외면할 수도 없으니, 그저 흐르는 세월에 내 한 몸 편하게 뉘어 흐르는 물처럼 걸림 없는 바람처럼 그렇게 살고지고…

청룡산 자락 도원지에 쏟아진 월광

대구 앞산공원 서쪽의 청룡산.

산의 들머리 달비골 입구는 속살을 벌겋게 드러낸 채 앓고 있다.

굴을 뚫지 말라는 주민들과 환경단체 사람들의 소리없는 아우성을 담은 울긋불긋한 반대 현수막들이 봄날 아침 산들바람에 그네를 타고 있다.

겨우내 언 땅 속에서 얼마나 참고 기다렸는지, 꽃내음을 버무린 봄 향기가 달비 골짝을 온통 무르익고 있다.

엷은 봄하늘이 낮은 만큼 숲속 나무들은 더 높이 서있고, 봄을 퍼뜨리는 전령사인양 산벚나무가 사방에 꽃비를 뿌려댄다.

낮은 계곡을 지나 숲으로 점점 몸이 부대낄수록 콧속으

로 스미는 숲향 뿐만 아니라, 살갗을 파고드는 상쾌한 기운에 몸은 파르르 기함을 한다.

자연의 이 고마움과 감사함을 어찌 발품을 팔지 않고서야 알겠는가!

갈래진 산길을 오르는 만큼, 몸속 묵은 찌꺼기를 토악질해 내고 비운만큼 맑은 기운을 채워 넣는 호사를 공(空)으로 누린다.

삐질 삐질 살갗을 비집던 땀방울이 어느새 얼굴에다 내(川)를 이루는데, 그렇게 한 시간쯤 오르니 어느덧 달비 고갯길 먼당이다.

달비골, 그 옛날 나무꾼들이 나뭇짐을 지고 산에서 내려올 즈음, 어느새 해는 지고 어스럼 달빛이 등을 비치는 저녁이 된다고 해서, 달월(月)에 등배(背)자를 써서 월배[月背]골이라 불리다, 달배골에서 달비골로 어원이 변해 불려 졌다 한다.

달비고개에서 청룡산까지 가는 능선길은 호젓한 산책길이다.

산길을 오르는 동안 숲속에 흐드러지게 핀 진달래꽃이 아주 어린 시절 장독대 밑에서 놀던 소꿉동무만큼이나 참정겹더니, 능선길 양편에서 여전히 연분홍 미소를 머금고 있다.

'진달래!'

나는 이 꽃이야말로 꽃 중의 꽃으로 삼는다.

우리 민족정서에 가장 잘 맞아떨어지는 꽃이 아닐 수 없다.

겨울 내내 꽁꽁 언 땅 속에서, 따뜻한 봄이 오기만을 기다리다 숱하게 많은 다른 꽃들보다 먼저 그 찬란한 봄을 전하려 이른 봄, 아직도 한기가 채 가시기도 전에 소리 없이 해맑은 자태로 살며시 엷은 웃음 지으며 다가온 꽃… 우리나라 삼천리 방방곡곡 진달래가 피지 않는 곳은 한군데도 없다.

이 진달래의 서양식 꽃말 같은 것은 나는 모른다.

그리고 우리나라의 꽃을 누가 무궁화로 지정했는지도 모르지만, 나는 진정한 우리나라 꽃으로 이 진달래를 고집하고 싶다.

무궁화를 사랑하는 사람들한테는 미안한 일이지만, 사실 무궁화의 본 고장은 우리나라가 아니라 남방에서 이민 온 꽃이고 진드기 같은 벌레도 많이 찾는 꽃이며 더더구나 먹지도 못한다.

그러나 진달래는 헤아릴 수 없는 오랜 세월을 우리 민족과 함께 이 땅에서 함께 어우러져 살아온 피붙이 같은 꽃이다.

지금은 대부분 순수 우리말인줄 알고 있는 진달래라는 이름도, 옛날 한글이 쓰이기 전에는 眞達來라는 본 이름을 가지고 있었다.

참 진(眞),이를 달(達),올 래(來)자…

내 고향에서는 진달래를 참꽃이라고 불렀다.

어릴 때는 일부러 참꽃을 한아름씩 꺾어다 저마다 잎 술이 파르스름하게 보랏빛 물이 들도록 꽃잎을 따먹곤 했다.

참이란 거짓의 반대말이니, 그야말로 꽃 중에서 진짜 꽃인 것이다.

불교에서는 진리를 법이라 하고, 또한 불법(佛法-부처님 말씀)이라고 한다. 그래서 진달래란 〈진리가 이땅으로 와서 이르러 머문 곳〉, 또는 〈진리를 전하러 와서 마침내 다다라 이른 곳〉이란 뜻이 된다.

그런 참꽃이 능선 남녘의 솔숲에도, 북쪽 사면에도 지천으로 피어있다.

병풍바위위에서 바라보는 저 멀리 아스라이 펼쳐진 팔공산이 웅장하다.

그리고 청룡산!

그의 정수리는 나처럼 맨머리(?)이다.

잠자리 비행기가 뜨고 내려앉도록 빡빡 밀어버린 것이다.

청룡산에서 내려와 능선 갈림길에서 수밭골로 드는 숲길에 노랑나비 한 마리가 아직은 힘겨운 날갯짓으로 이곳저곳 기웃거린다.

노랑나비를 보니 문득 60년대 초등학교 국어책에 실린 동시가 문득 떠오른다.

"할아버지 지고 가는 나무지게에,

활짝 핀 진달래가 꽂혔습니다.

어디서 나왔는지 노랑나비가

너울너울 춤을 추며 따라갑니다."

꼬불꼬불한 산비탈을 돌고 돌아 내려오는 길이 참 한가롭다.

길옆 주말농장 밭 가운데에 일정간격으로 누렁이들을 목줄로 채워 놓았는데 우리를 보고는 꼬리를 흔들며 뭐라 뭐라 짖어대고 있다.

대부분이 아직은 어린 녀석들인데 왜 그리 안쓰러운지…

저 녀석들이 지금 우리를 향해 하는 언행의 뜻을 나는 알 길이 없다.

산을 내려와 수밭마을 뒤안길을 돌아 내려오니, 마을의 당산나무인 몇 아름드리 느티나무가 겨우 버텨 섰는데, 수령이 5백년을 넘은 탓인지 군데군데 쇠기둥을 목발처럼 짚고 있다.

마을 앞개울에는 물고기들이 아무도 상줄 리 없는 경주를 해대고, 밭둑가에 만발한 복사꽃은 휑하기만 한 빈 밭을 그나마 차감하고 있다.

오늘의 종착지 도원지 월광수변공원!

누가 지었는지 참 작명을 잘했다. 이름만큼이나 주변 풍광 또한 아름답기 그지없다.

왼종일 화사한 복사꽃물로 채워진 연못 도원지(桃苑池), 거기에 두둥실 밤하늘을 헤엄치는 환한 보름달에서 쏟아지는 달빛이 연못가를 채색하니 이름하여 월광수변(月光水邊)공원이라…

아! 봄날의 아름다움이 이보다 더 할 곳이 또 어디 있을까!

꽃과, 달과, 연못이 있어 아름다운 이곳 수변공원, 아해야! 동이술을 아껴 무엇하리!

불국정토(佛國淨土) 경주 남산

　경주 남서쪽 자락에 한가롭게 옹기종기 모여 앉은 용장 마을은 회색 안개에 촉촉이 젖어있다.

　산의 들머리 개울바닥은 물이 마른지 오래인 듯 색 바랜 여울돌들이 널브러져 누워 있고, 완만한 계곡길, 겨우내 잉태한 봄을 이제 막 출산할 즈음의 산속은 풋풋한 흙내음으로 가득하다.

　고위산 오르는 길은 결코 만만찮은 암봉능선인데 줄을 타고 오르내리며 바위 틈새와 돌출귀를 잡고 기어오르니, 봄이 한창 영글고 있는 산속인지라 내 몸의 열기는 이미 초여름 자락에서 허우적거린다.

　조망이 괜찮은 암봉 돌출부에 올라서서 서쪽 내남벌을 내려다본다. 경작을 포기한 들판의 빛깔은 거무튀튀한

갈색이다.

어린 시절 이맘때의 이 땅 들녘은 겨우내 언 땅을 녹이고 피어난 생기를 머금어 파릇파릇한 논보릿잎 물결로 가득했는데….

어느덧 고위산 봉우리이다.

6미터를 보태야 5백이 되는 산이지만, 아슬아슬하게 걸쳐놓은 우람한 바윗돌과 솔향이 싱그럽게 피어나는 오솔길이 펼쳐진 이 산, 걸음을 더할수록 정겨움이 묻어나는 그런 산이다.

고위산을 내려와 백운재에서 숲길을 따라 걷다 능선 갈림길에서 동쪽 봉화골로 내려선다.

경사도가 고위산 오르는 등산로만큼이나 가파른데 산죽, 조릿대 사잇길을 막 벗어나 모퉁이를 도니 아! 칠불암이다. 보물 200호 마애석불!

사각의 바윗돌 네 방향에서 서로 등을 맞댄 채 네 분의 부처님이 바위 속에 서 있고, 그 서쪽 뒤로 반원형의 병풍바위에는 또 다른 삼존불을 모셨다.

아! 선조들은 어떻게 알고 이토록 험한 산중 바윗속에 숨어 계신 부처님들을 찾아냈을까?

첩첩산중 깊은 골짜기, 절벽을 천상 부처님 세계로 여기어 마애삼존불에다 사방불(四方佛)을 조성하였을 것이다.

그리고 그 뒤로 아스라한 절벽에는 신선암 마애반가보살 님이 바윗돌 감실 속에서 동쪽 저 멀리 토함산을 응시하고 있다.

무얼 말하고 싶은 것일까? 아마 그곳 석굴암 본존불과 무언의 법담이라도 나누고 계시는 건 아닌지 모르겠다.

꼬부라진 임도 모퉁이에 서 있는 용장사지를 알리는 이정표!

왼쪽 용장골을 가는 꼬불꼬불한 내리막길을 한참동안 내려가니 저 아래 상륜부를 여읜 삼층석탑이라니…

육진번뇌에 얼룩진 사바세계 용장골을 굽어보며 하층바 위기단을 치맛자락처럼 드리워 뭇 중생들을 품은 듯이 우뚝 서 있다.

한달음에 달려 내려가 덩달아 안겨들어 가슴에 두 손 모으고 허리 굽혀 절하며 탑신을 어루만진다.

가슴이 벅차다.

이 보탑, 200미터가 넘는 높은 바위 봉우리를 하층기단 부로 삼았는데, 이 바위산이 바로 8만 유순 높이의 불국토 수미산이 되는 셈이다.

석탑의 발치 저 아래, 목 없는 부처님이 둥근 연화대위에 앉아계신다.

왼쪽 절벽 아래로 줄을 타고 조심조심 내려 다가서 보니 역시 저 위의 석탑처럼, 자연석 그대로를 하대석으로 삼고 둥글넙적한 연화대를 삼단으로 쌓은 뒤 연꽃 방석에다 부처님을 앉혀 모셨다.

수미산 꼭대기 도솔천에 미래부처님 미륵불을 모신 것일까?

지금은 머리를 잃어버렸지만 그 옛날, 이 부처님은 스님이 염불하며 불상 주위를 돌면 스님을 따라 얼굴을 돌렸다는 삼륜대좌석불좌상이다.

불상 옆 바위벽에는 또 마구니를 항복받는, 항마촉지인의 수인(手印)을 한 채 본존여래가 가부좌를 틀고 앉아계신다.

용장사터 마애여래좌상!

석불의 눈길이 닿는 서쪽 저 아래 용장사터!

설잠 스님(김시습)이 초당을 지어 '매월당'이라 이름하고 은거하면서 최초의 한문소설 '금오신화'를 썼던 그 유서 깊은 터전이다.

나그네는 아쉬운 발걸음을 금오산으로 향한다.

'금오산(金鰲山)!'

상사바위 너머 배리 삼불사로 가는 능선 한 곳이 큰 자라

목과 같다하여 '금빛 큰 자라' 즉 금오산이라 했던가?

둘이 하나 된 모습의 상사바위, 가슴을 뜯는 상사바위를 에둘러지나 냉골로 내려선다.

재작년 어느 초여름날 밤, 남산달빛산행 때 펑퍼짐한 바둑바위에 앉아 구름에 숨어버린 달을 안타까워하며 야경에 젖은 경주시가지를 바라보던 기억이 축축이 젖어온다.

급한 내리막 경삿길 오른편, 바위벽을 기대앉은 석불이 소매를 끈다.

'마애석가여래대불좌상!'

금방이라도 바위 속을 걸어 나오실듯한 부처님, 그동안 당신의 슬하에 엎드린 무수한 중생들의 애환 어린 갖가지 소원들을 온화한 얼굴에 미소 머금어 '그래, 그래, 알았다. 예까지 이고, 지고 올라온 그 무거운 가슴속 번뇌시름일랑 거기 몽땅 다 내려두고 가거라. 내 다 알고 있으니~.'

상선암 툇마루에 걸터앉아 입속에는 약수 한 모금 머금고 귀를 열어 염불소리 재어 담는다.

완만한 냉골 계곡길, 계곡 건너편에 노란 산수유꽃이 겨울을 뛰어나와 봄향기를 유혹한다.

저 산수유가 피었다 간 뒷자리엔 또, 금방 연분홍 진달래가 꽃망울을 터뜨릴 것이다.

오른쪽 길섶 사잇길로 올라가 콧등을 시멘트로 성형수술한 부처님께도 문안인사를 올린다.

이토록 훤칠하게 잘 생긴 얼굴, 몽매한 중생들이 아들 하나 얻고자 콧등을 갉을 때, '너희들이 좋다면야 이 몸뚱아리 전부인들 어떠랴'

부처님! 그리 말씀하셨지요?

바위 면에 선으로 새겨진 마애선각육존불상!

동쪽 삼존불은 석가여래부처님이 사바세계 중생들을 위해 설법을 하시고, 서쪽 삼존불은 아미타부처님이 피안의 극락세계를 펼쳐놓았다.

삶과 죽음이 이웃하고 둘이 아님을 나타내 보인 것이다.

육존불에서 서북쪽으로 저만치 떨어진 언덕바지에는 마애관음보살님이 중생을 구제하기 위해 오른손에 정병(淨甁)을 들고 자비롭게 서 계신다.

입술에 붉은 연지를 곱게 바른 채 미소를 머금고…

계곡을 따라 내려오니 머리와 팔을 잃어버린 석불 한 분이 앉아 계시는데 가까이 다가가 자세히 보면 목부분에 세 가닥의 줄이 보인다.

바로 삼도이다. 악행의 과보로 삼악도인 지옥,아귀, 축생으로 태어난 중생들을 제도하겠다는 부처님의 대자대비

한 서원의 표시인 것이다.

골짜기를 벗어나 솔숲이 우거진 삼릉 뒤뜰을 들어선다.

경명왕을 비롯한 세 임금의 무덤, 기이하게도 능 주위의 소나무들이 능을 향해 가지가 뻗어있다.

충절의 나무 소나무!

'경주 남산!'

장구한 세월, 천년 신라의 영욕을 고스란히 간직하여 오늘에 이르고 또 영겁을 이어갈 수려한 계곡, 울창한 솔숲, 기묘한 바위로 어우러진 천하절경의 이 명산!

천 수백여 년 전, 신라인들은 서방 극락정토인 미륵세상을 이곳에다 구현해 놓았다.

처처곳곳의 크고 작은 바위마다 부처님 형상을 깎고, 새기고, 또 다듬었으며 선돌안을 파내 감실을 만들어 모시기도 하였다.

그런가하면 까마득한 천애의 암봉에다 탑을 세워 천상 극락세계를 꿈꾸며 불국토를 이룩해 낸 것이었다.

그렇게 동서남북 수십의 골골마다 일으켜 세운 불보살님들이 무릇 얼마를 헤아릴 것이며, 오랜 세월 흙속에 묻히고 비바람에 닳고 계곡에 흩어져 사라져버린 뼈와 살점들은 또 얼마나 많았을 것인가?

그러나 실은 그 많은 산속 부처님들은 선조들의 손끝에 만들어진 것이 아니라, 본래부터 바위 속에 있던 부처님들이 그들의 손길에 바위 겉으로 모셔져 나왔을 뿐이다.

　　신라 사람들은 그렇게 경주남산을 그들의 유토피아, 불국정토로 만든 것이었다.

천년의 전설을 전하는 단석산

연둣빛 새싹들이 생명의 잔치놀이를 펼친지가 엊그제 같은데, 초록의 푸르름이 무성한 오월, 여린 아침햇살을 보듬어 봄이 한창 무르익고 있는 중이다. 못자리에 물을 담은 논들은 아직도 흙덩이가 농부의 손길을 해바라기하기도 하고, 더러는 이미 볍씨 뿌리기만을 기다리며 일손을 끝낸 못자리도 많다. 지금은 거의 모든 영농을 기계로 다 하는 시절이지만, 우리 어릴적에는 물을 담은 논에서 소 쟁기질로 논바닥을 갈아 엎고, 굵은 흙덩이는 또 써레질로 잘게 부수고는, 가래로 모판을 다듬질하는 등 한 해 농사를 준비하고 갈무리하는 농부들의 손길이 얼마나 힘들었던가.

그러나 고단했던 그 시절에 비해 지금의 농촌에는 거의

가 농사일이 힘에 부치는 고령자가 태반이니, 그 일이 힘들기는 예나 지금이나 별반 다를 바가 없는 농촌의 일상이지 싶다. 절골 입구, 산행을 시작하는 지점이다.

꾸불꾸불한 도로를 따라 걷는 길옆 남새밭에는 벌써 새끼 손가락 굵기만큼이나 자란 마늘이며, 이제 막 모종을 옮긴 어린 고추모, 또한 보랏빛 푸른 상추로 가득 채워져 있다.

도로가 끝나는 곳에 오덕선원이 산자락을 걸터앉아있다.

길 가로 맑은 도랑물이 졸졸 흐른다.

물맛이 일품인 시원한 물로 새로 물통을 채우고, 시멘트로 포장된 소롯길을 따라 본격적인 산행이 시작된다.

오른쪽 계곡에는 물소리가 사뭇 요란스럽고, 신록으로 색을 바꾼 숲속은 검은빛이 감돌만큼 살을 불린 상태이다.

천연의 흙길로 바뀐 행로는 숨이 가슴에 찰 정도로 가파르게 펼쳐 놓는데, 전날 내린 비에 길바닥은 눅눅하여 발바닥에 전해지는 감촉이 참 편안하다.

땅으로 내려오던 따가운 햇살은 울창한 숲그늘이 난공불락의 요새처럼 막아내고 있어 여간 고맙지가 않은데, 바람은 누구랑 바람이(?) 났는지 통 보이질 않는다. 동서남북 거칠 것 없이 사방으로 조망하는 단석산!

경주시 건천읍 산 89번지 우중골에 고고히 서 있는, 경주에서 제일 높은 827미터의 키를 자랑하는 산이다.

동해의 토함산, 남녘의 남산과 더불어 단석산은 경주 서북간에 우뚝 솟아 올라 불국토의 도읍지 서라벌을 외호하는 산!

산의 본래 이름이 '달이 떠오르는 밝은 산'이라 하여 달래산으로 불렀는데, 한자로는 월생산(月生山)이라 불렸다고 한다.

지금의 단석산이라는 이름표를 달게 된 것은, 신라 진평왕 17년인 595년에 지금의 충북 진천에서 가락국 김수로왕의 13대손으로 태어난 김유신 장군이 15살에 화랑이 되어 삼국통일의 큰 꿈을 품고, 17살에 서라벌 서북쪽 산에 있는 석굴로 들어가 목욕재계 후 천지신명에게 기도를 하니 나흘째 되는 날, 신선 같기도 하고 도사 같기도 한 난승(難勝)이라는 백발노인이 나타나 신검을 하사하고는, 무예의 비법을 가르쳐 주며 앞으로 반드시 옳은 일에만 비법을 써야 함을 이르고는 홀연히 사라졌다.

소년 김유신은 이 보검으로 무술 연마를 하는동안 자신의 무예를 시험하며 수도하는 곳에 있던 바위를 힘껏 내리치니, 마치 두부가 베이듯 바위가 두 쪽으로 쪼개져 그때부터 단석산(斷石山)이라 불렀다고 한다.

신선사, 그러니까 이 산 단석산의 가슴 위치는 되지 싶다.

일명 탱바위라고도 불리는 사인암이라는 거대한 바위벽이 〈ㄷ〉자나 〈U〉자 모양인 형태로 하늘이 뚫린 천연굴이 서 있다.

그 예날 신라의 화랑도들이 이 바위벽 3면에다 불상과 반가사유상, 공양자상 등을 세우고 지붕을 덮어 석굴사원을 만들었다고 한다.

바위에 새긴 본존상은 그 키가 8.2미터나 되는 미륵장육상으로, 석가모니 부처님 이후 미래부처님으로 오실 여래 미륵불인데, 현재 국보 제199호로 지정되어 있다. 그에 비해 신선사는 소문보다 는 초라한 행색이다.

법당 부처님을 문밖에서 얼른 뵙고는, 다시 돌아 나오면서 석굴사 마애불전에 하직인사를 올린 후 정상으로 발길을 향한다.

OK목장! 선 자리에서 동남향으로 광활하게 펼쳐진 푸른 초원!

그 아래 오른편으로 산 그림자를 담은 연못이 쪼그려 앉아 있다.

아하! 그랬구나. 숲속에서 자취를 감춘 바람이 저 푸른 초원과 연못이랑 눈이 맞아 예서 놀고 있었구나. 나무 그늘 아래에서 내려다보이는 풍광이 너무나 아름답다. 아름답게 꾸며진 목장길을 따라 산책하듯 걸어 내려오는 머리 위에는, 아직도 중천을 조금 넘은 오월의 싱그런 햇살이 풋풋한 봄바람에 너울춤을 추며 따라온다.

오월! 계절의 여왕이라 했던가.

그런 오월의 화려한 봄이 무르익는 휴일 한 때, 나는 천수백 년 전의 세월 신라로 되돌아가 김유신과 화랑도 그리고 바윗속 부처님을 만나 뵙고, 다시 사바세계 속으로 돌아가고 있는 중이다.

재약산 주남골짜기에 펼쳐진 보물들

배내골, 배나무 도랑 골짜기- 그런데 동네이름은 이천마을입니다.

우리말을 한자말로 바꾸면 요렇게 되는데, 배나무 이梨, 내 천川, 골(짜기) 곡谷 - 바로 이천곡. 우리가 산속으로 깊이 들수록 곡수는 쉴 새 없는 재잘거림으로 아래로만 내달린다.

4~50여 년 전, 아침 등교시간이면, 산골 면소재지에 하나밖에 없는 초등학교로 가는 비포장 신작롯길은, 갈가마귀떼 처럼 새까맣게 각 골짜기마다 삼삼오오 떼 지어 몰려나온 아이들로 도로를 메웠는데, 저 계곡물을 보니 그 시절 그 모습이 문득 떠오른다.

상쾌한 숲향이 전신을 휘감고 곡수가 음률을 더하니 내

몸은 좋아 어쩔 줄을 모른다.

힘든 삶의 무게에 짓눌린 어깨에서 짐을 내려놓고, 본래의 내 자리로 돌아가는 지금의 이 여정, 이제부터 오로지 지금 이 순간만을 생각하며 허허롭게 예놓는 발걸음으로 사는 것이다.

지금 가고 있는 산 - 재약산 사자봉과 수미봉, 경관이 수려하여 삼남(三南)의 금강이라 일컬어지는 산으로, 북사면은 바위너덜길의 가파른 형세이고, 산줄기 서남단은 천길단애(斷崖)의 험준한 모양으로 골이 깊고, 처처곳곳에 크고 작은 폭포가 있어 결코 심심치 않은 눈요기 절경이 펼쳐진다.

한때는, 아니 아직도 여전히 저 무도한 무리들이 즈그 나라 왕의 체통을 끌고 와서, 즈그 맘대로 이름붙인 천황산으로 불려지고 있는 산의 주봉인 사자봉! 산 아래 표충사에서 쳐다보면 크게 입을 벌린 모습이 영락없는 사자의 형상이다.

자고로 불가(佛家)에서 깨달음을 향한 구도의 열정을 결코 싸움에서 물러섬이 없는 용맹스런 사자에 비유하곤 하는데, 재약산 사자봉과 호국사찰 표충사는 너무도 잘 어울리는 산과 절이다.

그러고 보니 재약산 주변 산봉우리들의 이름이 대다수

불교와 관련이 있는 이름표를 달고 있다.

사자봉, 불교호법천신들이 머무는 수미봉, 관세음보살과 문수보살의 관음봉과 문수봉 등, 그들의 품안에 펼쳐진 광대한 억새평원은 그 옛날 신라화랑들의 수련장이었고, 임진왜란 때는 승병들의 훈련장이었으며, 때로는 화전민들의 삶터이기도 했는데, 지금은 꼭 보전해야 할 한국의 자연문화유산에도 등재되어있다.

신라 흥덕왕의 셋째 왕자가 병을 치료하기 위해 전국의 명산, 약수를 찾아다니다가 이곳의 신령스런 샘물을 마시고 병이 나았다고 하는데, 약초를 가득 싣고 있는 산이다 하여 실을 재(載), 약 약(藥) 자를 써서 재약산으로 불리어 왔다는 명산이다.

믿거나 말거나이지만, 거짓말도 자꾸 하면 참말처럼 들린다는 말도 있듯이 전혀 아닌 것은 아닐 것이지만 어디까지나 전설 따라 삼천리이다.

국가보물 도의국사 승탑 등을 참배하고 절문을 나서는데, 구름 속에 갇힌 햇님이 수줍은 미소를 내려 보내고, 초여름 한나절 영남알프스 산속도 어느새 땅거미가 내려앉더라.

백화산 먼당을 걸터앉은 한맺힌 산성

상주시 모동면 수봉 마을 동구 밖 도로 왼쪽을 끼고 흐르는 석천 너머로 조선초 청백리 황희 정승의 신위와 영정을 모신 한옥의 '옥동서원'이 보인다.

서원의 뒤편 산봉우리에는 황희 정승이 세월을 낚으며 풍류를 즐기던 '백옥정'이 석천을 굽어보고 있다.

마을의 뒤안길 끝에 아담하게 가부좌를 튼 보현사를 뒤로한 채 산행을 시작한다. 느닷없이 불쑥 찾아든 일행이 적막한 겨울산의 적막을 어지럽힌다 여겼는지 산은 군데군데 얕은 개울에다 발목이 잠길만한 계곡수를 흘려 내려 심술을 부린다.

입춘이 지났다고는 하지만, 아직은 늦겨울인데도 산자락은 봄기운이 완연한 초봄의 날씨만큼이나 포근하다. 한

동안 비탈길을 오르니 제법 조망이 괜찮은 터가 나타나는데 대궐터이다. 잠시 발품을 쉬었다가는 능선에 올라서니 능선을 따라 축성된 성벽이 눈앞에 펼쳐진다.

'금돌산성(今突山城)!'

신라 때 김흠 장군이 쌓았다는 포곡식 석성으로 신라와 백제가 격전을 벌일 때, 태종 무열왕이 친히 이 성을 찾아와 김유신 장군이 이끄는 신라군을 독려한 산성인데, 아까 지나온 그 대궐터가 바로 왕이 이 성을 오르며 머물렀던 곳이다. 천 수백 년 전, 신라와 백제군의 피와 땀으로 얼룩졌을 그 자리에다 고수레로 던진 밥풀이 참나무 발목에 달라붙는다.

그래, 그 고수레밥은 거기를 때맞추어 지나는 이의 몫이니 처절하게 성을 다투던 신라, 백제군들을 닮지 말고 이곳을 터 잡아 사는 너희 미물들은 부디 싸움질을 말거라. 마지막 정상 봉우리로 오르는 길에 산은 자신의 최후 자존심을 드러내고 만다. 그냥 그렇게 쉽게는 안된다는 듯 제 어깨를 무등 타며 목을 감고 오르는 우리들의 무례를 발치에 내려놓으라며 언 길을 만들어 놓고는 발목에다 족쇄를 채워 오르란다.

-마침내 오른 백화산 정상!

그는 제 키 높이가 67미터 모자라는 천 미터란다. 산세가 얼마나 해맑은 자태를 지녔기에 '하얗게 빛이 난다'는 이름을 얻었을까!

충북 영동의 황간과 경북 상주의 모동, 모서면에서 거침없이 솟아오른 봉우리 백화산! 웅장하여 범상치 않은 산세가 오랜 옛적부터 이곳이 군사적 요충지이겠다 싶은 게 나 같은 범부의 눈에도 한눈에 들어온다.

그런데 산 정수리에 '백화산'의 이름돌 옆에다 나란히 '捕城峰(포성봉)'이라는 정상표지석을 하나 더 이고 있다.

捕城峰(포성봉)? '성을 잡아 가둔다?' 하필이면 이름이 왜 이모양일까?

그랬다. 이 산봉우리의 바른 표기는 漢城峰(한성봉)인데 본래는 보다 깊은 뜻이 따로 숨겨져 있는 것이다.

고려 말, 몽골군의 침입에 고려군은 처절한 항전에도 불구하고 결국 저 저승골에서 대패함으로써 통한의 전장터가 되어 불리어진 한 맺힌 산성 恨城峰(한성봉)이 되었는데, 세월의 물결은 절절이 배이고 쌓인 恨(한)을 씻어 낸 뒤 조선의 도읍명인 '漢城(한성)'을 가져다 붙여 놓았다.

그랬는데 일제 때, 저 간악한 무리들이 이 땅의 정기를 누르기 위해 삼천리 방방곡곡 대처, 길지(吉地)마다 쇠말뚝을 박아대고 민족혼을 말살하기 위해 명산 곳곳을 함부로 改名(개명)하더니, 이 백화산 주봉마저 국운을 꺾고자 '금돌산성을 포획한다'는 뜻으로 잡을 포(捕), 포성봉으로 둔갑시켜 부른 것이니 지금부터라도 漢城峰(한성봉)으로 고쳐 부름이 마땅할 것 같다.

남쪽 저 멀리 눈길이 닿는 곳, 주행봉이 노려보고 서 있다.

상주방면에서 저곳을 바라보면 마치 한 척의 돛단배, 돛을 올린 일엽편주가 망망대해를 떠가는 형상이라 하여 이름 붙여진 舟行峰(주행봉)!

그러나 지금 같은 겨울철에는 필부들이 저 묏등을 올라타기는 많이 힘들 것이다. 얼어붙은 좁은 바위 능선길 양 옆으로는 천야만야한 단애로서 고소공포증이라도 쬐끔 있는 이들은 함부로 다가설 수 없는, 이른바 '작은 용아장성'릉이기 때문이다.

한성봉을 내려선다. 극심한 경사로는 언 땅이 녹아 진흙탕 뻘 길이다.

그러고 보니 이 산은 경상도 말로 참 용심이 많은(심술궂은) 산인가 보다.

한참을 내려오니 또다시 주행봉으로 넘어가는 된 비알 오름길이 시작되고, 왼쪽으로 하산하는 고갯마루가 나온다.

또 다른 용심이 도사린 주행봉을 애써 외면하고 왼쪽 골짝으로 내려오니 넓은 개울에 놓인 징검다리를 흐르는 개울물의 옹알이가 정겨운 해거름녘….

칠월의 전설을 간직한 청도 배넘이골

  하늘이 먹장구름을 깔아뭉개 머리 바로 위까지 내려와 있다.

  차창 밖으로 펼쳐진 풍광은 그야말로 수백 수천 폭의 아름다운 동양화를 펼쳐놓은 듯한 장관이다.

  산자락에서는 산봉우리가 안개에 가려 마루금을 분간키 어렵더니 고개먼당에 올라 건너편 산을 내려다보니, 군데군데 피어오르는 뿌연 산안개가 초록이 짙어 검푸른 산색에 묻혀있는 모습이, 마치 감색 비단치마폭에 하얀 꽃무늬를 아름답게 수놓은 듯한 황홀경을 눈앞에다 펼쳐놓았다.

  마침내 고갯마루를 내려온 버스가 발걸음을 멈춘 곳은 청도군 운문면 신원마을 천문사 입구 펜션촌 앞마당이다.

  하늘의 심술이 여전하다. 그러거나 말거나 우산을 펼쳐

들고 산속으로 드는데, 며칠간 계속된 장맛비에 냇물이 한껏 불어나 결코 좁지 않은 도랑을 넘치도록 차서 흐른다.

가슬갑사라는 이름표를 붙인 절 같지도 않은 절이 길모퉁이에 납작 엎드려 있다.

아름다울 가(嘉), 가야금 슬(瑟), 산허리 갑(岬), 절 사(寺)字를 쓰는데, 무슨 뜻인지 궁금하던 중 하산을 한 후에 안 일이지만 신라시대 화랑들이 지켜야 할 다섯가지 계율, 즉 세속오계(世俗五戒)를 가르친 원광법사 탄생지를 사찰화한 곳이란다.

가슬갑사가 끝나는 길목 즈음에 바로 천문사(天門寺)가 버텨섰는데, 이 절은 조계종단 소속의 사찰로서 지금 한창 불사가 진행 중으로 명산대찰은 아닐지라도, 한국의 여느 사찰이 간직한 오랜 세월의 무게 같은 장중함은 전혀 느껴지지 않는다.

그저 작금의 우리나라 대부분 사찰에서 진행되는 크고 화려한 것에 치중하는 모습을 이곳에서도 볼 뿐이다.

하여 옥에 티랄 것도 없이, 혹평을 덧붙이자면 우란분절(盂蘭盆節)-(목련존자가 많은 스님들께 공양을 함으로써 지옥에서 고통받고 있는 선망부모님을 구해낸 것에서 유래된 오랜 불교 행사)을 기리기 위해 걸어둔 프랭카드에 적

은 글자가 〈우람분절〉이라니~

그것도 두 군데 씩이나….

추적추적 내리는 비를 우산으로 받으며 산길로 들어선다.

유속(流速)을 감춘 보에서 힘을 축적한 계곡물이 보를 박차고 뛰어내리는 기세가 거세고 함성이 우렁차다.

치장하지 않은 벌거벗은 몸뚱아리로 처연하게 비를 맞고 있는 숲속 수목들은, 마치 창포물에 머리를 감은 여인네처럼 함초롬히 젖은 채로 서 있다.

맨땅으로 떨어진 빗방울이 사방으로 튕겨 나뒹구는 모습은 아파서 내지르는 비명이고, 파편의 신음이다.

그런데 지금 오르고 있는 이산은 무슨 산인가? 이 골짝은 무슨 골짝이란 말인가?

헛 참! 절도 모르고 시주한다더니 무슨 산인지도 모른 채 등산하기는 또 처음일세. 그러나 함 가보자. 어디 산이 처음부터 제 이름표를 달고 있었던가. 다 사람들이 제멋대로 그럴싸하게 갖다 붙인 것일 뿐 아닌가.

사람들! 얼마나 자기중심적인지 모른다.

흔히 사람들은 바다의 거친 물결을 노도(怒濤), 성난 파도라 한다. 참 말도 아니다. 언제 파도가 성을 냈다고 그래.

파도는 그냥 외부작용에 반응만 했을 따름으로, 성 낼 일이 없는데 사람들이 그냥 그렇게 불렀단 말일세. 성난 파도라고~.

거칠게 내닫는 계곡물을 보니 그 말이 문득 생각키어 해본 넋두리이지만 사실이 그렇다.

등산로를 따라 흘러내리는 빗물, 이 빗물은 왜 제 갈길 도랑으로 흐르지 않고 사람 다니는 길로 들어와서 발목을 잡고 지치게 만들어?

요것 역시도 나의 이기적인 생각이다. 이 길은 빗물이 본래 주인이다. 그걸 우리네 길이라고 우기는 건 사람이 삼라만상 그 어떤 무엇보다도 우월하다고 여기는 자만심 때문이다.

참, 혼자 걸으면서 별아 별 걸 가지고 다 시비다.

몸은 거짓말을 안 한다. 아니 못한다. 햇볕도 없는 산길이지만 한 삼사십 분 황소걸음처럼 느릿느릿 걸어도 어김없이 몸 밖으로 삐질 삐질 수분이 비집고 나온다.

연신 훔쳐내도 쉴 새가 없다. 그래, 이쯤해서 회군이다. 무슨 히말라야정복 원정길도 아닌데 기를 쓰고 오를 일이 뭔가.

시인 정호승은 제 인생이 저한테 술 한 잔 사주지 않았다고 타박을 하더라.

자기는 제 인생한테 겨울 밤 막다른 골목 끝 포장마차에
서 빈 호주머니를 탈탈 털어서 까지 몇 번이나 술을 사줬
는데, 그 인생은 저를 위해 단 한 번도 안 사줬담시로…

정호승이 데불고 다니는 그 인생보다는 그래도 내 인생
은 늘그막에라도 나랑 타협을 잘 해주니 그 보다는 쬐끔
낫다. 그런데 그 인생이란 존재가 참 묘하다.

어느 고승이 열반직전에 거울 속에 비친 자신을 보고,
"80평생 내 심부름한다고 그동안 너 참 고생 많았다. 80년
전에는 내가 너였더니 80년 후에는 네가 나였구나."

나도 저리 한 번 깨달아 봤으면…

산길 옆으로 흐르는 계곡물을 물끄러미 내려다본다. 저
들은 제가 지금 가고 있는 곳이 어딘 줄 알고 갈까?

급히 가야 할 사연이라도 있는 듯 옆도 보지 않고 앞만
보고 내닫는 저 물의 행보.

저러다 좀 더 넓은 개울에 다다르면 숨을 고르며 느릿느릿
여유를 부리며 갈 것이다. 물은 그냥 아무 생각 없이, 지향도
없이 그저 제 갈 길을 흘러갈 뿐이다. 부럽다 저 물이~.

우리네 인생은 무에 그리도 생각이 많은지 모른다. 잠시
도 끊임없이 숱한 생각들을 지어낸다.

지난 일들과 지금의 걱정꺼리 뿐만 아니라, 아직 오지도

않은 미래의 일까지 끌고 와서 머릿속을 괴롭히고 있는
멍청이다.

자고 가는 구름이라도 있다면, 내 인생 그곳에다 잠시 뉘
어 쉬게 하고 싶다. 나는 모든 탐욕을 버린 채, 흐르고 스
치는 물이고 바람이고 싶다.

원시의 청정계곡 학심이골

　말복도 지나고 처서가 코앞인 절기인데도, 하마는 조석으로 이는 바람기운이 서늘함도 묻어날 법 하건만 성하(盛夏)의 열기는 오히려 더 맹위를 떨치고 있는데, 가지산 숲속은 온갖 곤충들의 합창경연장이다.

　매앰, 맴, 맴, 맴, 맴, 맴, 매애~ 매미가 목청을 뽑을 때, 수풀 속에서는 이름 모를 곤충들이 찌륵, 찌륵, 찌르륵~ 거리며 화음을 맞춘다.

　저 소리들의 색깔로 봐서는 저희들의 영역을 침범한데 대한 저항이기보다는 산속 주인인 저들의 공연을 잘 감상하고 가라는 뜻의 경쾌한 소리무대가 아닌가 싶다. 귀바위로 올라 잠시 숨을 고르며 앉아 있는데, 빨간 고추잠자리 한 마리가 날아 오길래 손을 내밀었더니 집게 손가락위에

날개를 쉰다.

아무리 외로운 산속이라지만 사람이 그리울 리는 없을 텐데 겁이 없는 것인지 생사를 초탈한 것인지….

아하! 그랬구나. 이 미물이 시방 나를 온전히 믿고 있음이구나.

너랑은 무슨 인연인지 모르겠다마는 그래 편히 쉬었다 가려무나.

그러나 이내 그는 아무 미련도 없다는 듯 근처 떡갈나무 마른가지 끝으로 날아가 앉는다. 잠시 동안 구름을 헤치고 내려온 햇살이 벼랑가 바윗등에 사정없이 부서지고, 저 아래 산골짝에 납작 엎드린 석남사 대웅전 기와지붕에도 어지럽게 뒹군다.

1,114미터의 상운산 봉우리에 올라 사방을 조망한다.

앞에 우뚝 솟은 저 산이 영남알프스의 주봉인 1240미터의 가지산인데, 그 너머로 1000미터가 넘는 다른 묏봉들은 가지산에 가려 뵈질 않고, 북쪽 계곡으로 시선을 돌리니 운문령을 오르는 지방도가 뱀처럼 길게 누워있다.

제법 시원한 바람이 땀으로 목욕을 한 얼굴이며 목덜미를 핥는다.

그런 고마운 바람이지만 아무것도 줄 것이 없는 나는 그저 젖은 몸뚱아리만 염치없이 내맡길 뿐이다. 이윽고 학심이골로 드는 내리막길로 내려선다.

아직도 땡볕은 아마 구름으로 발을 치고 쉬는 모양이다.

하기사 그 따가운 창끝을 겨누어 본들 그늘 우거진 숲속을 빨치산처럼 숨어 다니는 군상들을 찾아내기가 쉽지는 않을 것이다.

삼라만상 서로 인연 맺지 않는 것이 있으랴마는 지금 내가 걷고 있는 이 산길에 이 울창한 수목들은 나와는 어떤 인연들이길래 하필 여기 이곳에 고마운 그늘을 만들어 서 있는 것일까?

또 어쩌면 길 섶에서 고단한 몸을 쉬도록 제 등허리를 내놓은 작은 바윗돌은 중생자비 베푸는 관음보살의 화현일지도 모르겠다.

제법 한참동안 가파른 경삿길을 내려오니 싱그러운 곡수의 음률이 바람에 춤을 추고, 땀범벅이 된 몸은 물을 보고는 온통 안달을 한다.

여름 내 숲 그늘 속을 흘러서인지 얼굴에 끼얹는 계곡의 물이 얼음물처럼 차갑다. 심한 피부병을 앓던 세조가 거추장스러운 용포를 훌훌 벗고 남몰래 몸을 씻을 때, 갑자기 문수동자가 나타나 세조의 등을 밀어 주어 깨끗이 병이 나았다고 하는 오대산 상원사의 그 계곡수도 이처럼 차고 시원했을까?

오백년 전에 죽고 없는 세조한테 물어 볼 수도 없고….

너덜길이 끝이 없다. 계곡의 깊이와 아름다움, 이쪽저쪽으로 물길을 건너고 하는 형세가 가히 지리산 칠선계곡을 연상케 할 만큼 여름 계곡산행의 묘미를 느낄만한 코스이다.

쌍폭을 지나고 학심이골이 끝나는 곳, 남쪽 저 가지산과 운문산 사이의 고갯길인 아랫재에서 북쪽으로 계곡을 이루어 굽이굽이 달려 내려 온 심심이골의 끝자락 너른 계곡수에다 풍덩 몸을 던진다.

아! 지금 이 순간은 내가 왕이다.

뻥 뚫린 하늘위에는 이미 구름은 간 곳 없고 성하의 오후 뙤약볕이 이글거린다. 내가 만든 이 몸뚱아리, 저 허공과 이 계곡수, 산속 무성한 수풀과 바위, 허공을 흐르는 바람, 그리고 나의 잡다한 생각나부랭이들….

이 모두 내가 만들어 낸 나의 창조물들이니 내가 주인이다.

아! 나는 참으로 위대한 나이다. ㅎㅎ

방향을 북쪽으로 향하여 천문사 고갯길로 가야 하나 운문사의 품이 그리워 그리로 내려간다.

사리암 주차장을 지나 운문사 가는 길, 나는 홀로 걷는

만행(卍行)의 구도승이 되어 키 큰 수목들이 드리운 그늘을 밟으며 하늘을 본다.

아스라이 먼, 저 끝없는 허공길을 걸어 오르고 싶다.

내 몸의 얼마를 덜고 비운다면 저 하늘을 새처럼 가벼이 훨훨 날아오를 수 있을까?

청정숲 맑은 계곡 청수골의 추억

계곡으로 접어드니 맑은 산속 공기가 너무나 상쾌하다.

청수골! 누가 만들어 붙였는지 참 멋들어진 이름표다.

태고의 신비를 간직한 청정 숲속 맑디맑은 계곡수가 흐르는 곳이라 아마 영남알프스 산신령으로부터 하사받은 이름이 아닌가 싶다.

오른쪽 골짝 완만한 등산로를 따라 쉬엄쉬엄 오르는 호젓한 숲속은, 태고적부터 내려온 영겁의 시간이 하늘을 향해 누워있다.

쭉쭉빵빵 하늘 높이 뻗어 오른 키 큰 활엽수들로 원시림을 이루고 있는데, 저리도 높게 키를 키운 것은 저마다 기를 쓰고 해바라기를 하기 위해서였을 것이다. 무릇 삼라만상 지구상의 모든 살아있는 것들이 햇님의 품을 벗어나 살

수가 없기 때문이다.

지구 자체가 그로부터 떨어져 나온 거대한 불덩어리 바윗돌로서, 그 주위를 맴돌며 영원한 종이 되어 살 수 밖에 없고, 그 지구 속에서 사는 존재들 역시 종의 자식으로 대물림되어 살 수 밖에 없는 운명이 아닌가.

그리고 그 지구에서 가출한 달도 예외가 아니다.

지구는 제 스스로 하루 동안 24시간 뺑뺑이를 돌면서 주인인 햇님을 바라보며 365일을 돌아 다시 제자리로 돌아오고, 가출소녀 달은 또한 부모인 지구의 눈치만 살피며 집으로 들어오지도 못한 채 한 달 삼십일을 겉돌고 있다.

그러니 저마다 해바라기를 할 수 밖에 없는 신세이고 처지인지라, 저리 고개를 치켜들고 해를 보며 서 있는 것이다.

수없이 쏟아지는 뙤약볕 불화살을 일제히 넓은 이파리를 펼쳐 방패하고 있는 수목들의 도움으로 산속 오솔길을 걷노라니, 비좁은 내를 따라 졸졸 흘러내리는 곡수의 음률이 아름답고, 가끔씩 더운 살갗을 훔치는 청량한 바람결이 더없이 살갑고도 고맙다.

지금쯤 산 아랫동네에는 화염의 심술이 예사롭지가 않을 텐데 청정계곡 숲속에서 참으로 큰 호사를 누린다.

저 산 아래에서는 이처럼 환경에서 오는 고달픔 뿐만 아니라, 일상 자체가 늘 바쁘고 힘든 나날로 이어진다.

왜 꼭 그렇게 살아야만 하는지조차도 모른 채 자신의 의지와 상관없이 그냥 하루하루 살아지는듯하게 살고, 자신이 지금 어디에 있으며 어디로 가고 있는지 조차도 모른채 잊고 살 때도 많다.

그렇게 막막한 상태로 일상을 허우적거리며 시간과 세월의 망망대해를 표류할 때, 자신과 진솔하게 마주 볼 수 있도록 도와주고 향로를 어렴풋이나마 가르쳐주는 이가 바로 산이었는데, 내가 어찌 산을 좋아하고 찾지 않을 수가 있겠는가.

그런데 나는 또 한 가지, 산에서의 처신에 나름대로의 견해 내지는 고집이 있다. 나는 산에서는 될 수 있으면 있는 그대로 온전하게 대하여야 한다고 생각한다.

지팡이도 짚지 않고 모자도 쓰지 않으며, 맨얼굴과 맨손을 드러내 놓아야 산이 내게 전하는 이야기와 산이 베푸는 온갖 선물들을 고스란히 다 듣고 받아들일 수 있다고 믿기 때문이다.

설령 그러한 행태들이 다른 사람들이 보기에는 지나친 강박관념이 아닌가 하여도 괜찮다.

햇볕 가리개 모자가 얼마나 고맙고 석장(錫杖) 또한 있으면 얼마나 편리한데…

걷다보니 어느새 산고개 먼당이다. 한피기고개란다. 무슨 뜻일까? 저 말뜻을 제대로 잘 아는 사람이 누가 있을까?

무릇 사람이든, 사물이든 간에 그를 호칭할 때에는 나름대로 무슨 의미가 부여되어 듣고, 보는 이들이 알아채야 할 텐데, 그냥 한글로 아무런 설명도 없이 써 붙여 놓기만 하면 어찌 알 수 있겠는가.

이것이 바로 한글인 소리글의 한계이다. '한피기'라는 한글 옆에다 뜻글자인 한자를 병기해 놓으면 금방 그 뜻을 알 텐데….

아니면 팻말을 세울 때 간단하게라도 그 뜻을 새겨놓았더라면, 매사 자구(字句) 궁금 병에 시달리는 이에게 얼마나 감사한 일이겠는가.

그래서 내 맘대로 해석해서 궁금증을 날려버리기로 했다.

- '한피기' - 찰 寒, 피할 避, 자기(몸) 己, 추운 겨울 청수골에서 몰아쳐오는 유독 매서운 북서풍 추위(寒)로부터, 통도사가 있는 이 고개 동남쪽 사면으로 몸(己)을 숨겨 추위를 피(避)한다. 참 잘도 갖다 붙인다.

한피기 고개 먼당 허공에다 얼굴 그림을 몇 장 갖다 붙여 놓고는, 남으로 눈길을 던지니 육중한 시살 등이 굽어보고 있다.

 - '시살등!' 저 봉우리의 말뜻은 알아냈다.

 400여 년 전 임진왜란 때, 저 시살등 동쪽 하북면 지산리에 영축산 절벽을 이용하여 쌓은 석축의 단조산성이 있었는데, 치열한 전투 끝에 적에게 진지가 함락되어 산성에서 후퇴한 아군이 저 묏등에서 전열을 재정비한 후, 몰려드는 적을 향하여 화살을 무수히 퍼부었다하여, 봉우리 이름을 화살 '시(矢)'에다 화살의 한글말인 '살'의 음을 겹쳐 사용하여 시살등이라 했다 한다.

 '등(嶝)'은 오른다는 뜻이니 '화살을 쏜 봉우리' 쯤 되겠네. 흔히 겹쳐 쓰는 우리말 중에는 외갓집, 처갓집, 역전앞, 그물망 등이 있다.

 고갯마루 그늘터에서 잠시 발품을 쉬고 다시 발걸음을 예놓는데, 얕은 비탈길을 오르는데도 숨이 턱밑에 와 닿는다.

 "식후불휴행이면 필유곤욕야라 食後不休行 必有困辱也. 밥 먹고 안 쉬고, 바로 걸으면 반드시 참기 어려운 괴로움이 있기 마련이다." 게다가 눈앞에 거대한 바윗봉우리가 떡 버티고 섰다.

 죽바우등! 전하는 뜻이 궁금하지만 인자 고만 할란다.

앞으로 가면 또 있을 것이다.

함박등. 이거는 뭐 함배기를 엎어놓은 모양이라 그리 부르나? 에혀~ 작은 병이 아니다.

죽바우등을 내려와 조망이 **빼어난** 능선에서 북녘을 한눈에 담아보는데 장관이다.

무리지어 우뚝우뚝 서서 품을 펼친 영남알프스 산군(山群)!

백두에서 뻗어내려 온 대간의 큰 등줄기로부터 남으로 남으로 달려 내려와, 낙동정맥을 이루고는 그 남단부에서 일제히 힘껏 솟구쳐 올라, 자그마치 일천 미터 이상의 봉우리가 아홉이나 헤아리며 그 품마저도 250여 평방미터인 거대한 산무리로서, 가히 영남의 지붕이자 병풍이 아닐 수 없다.

저 높은 묏등마다 그 자락에는 울창한 숲과 깊은 계곡, 그리고 기기묘묘한 바윗덩어리들이 어우러져 처처곳곳마다 천하절경들을 펼쳐내고 있다.

감탄사를 연발하다 내려오는 중앙능선길은 비탈이 극심하다. 주변 조망은커녕 한발 내디딜 자리 찾기에도 눈길이 바쁘다.

명색이 그래도 해발이 일천의 키 높이라 그런지 그런 비탈이 끝이 없다.

두어 번 엉덩이가 지표면과 달콤한? 키쓰를 하고 길가에서 자신의 팔을 뻗어 도와준 나무들 덕택으로 겨우 개울가에 다다른다.

물 적신 스폰지 같은 몸뚱아리가 계곡물을 보고는 기뻐 자지러진다.

똑같은 신체인데도 언제나 가장 낮은 곳에서 보살행을 하는 발님에게 이번만큼은 제일 먼저 대접을 해드리고, 쉴 새 없이 분수를 뿜어댄 신체 옥상에게 관욕차례로 예를 올린다.

생각 같아서는 신체를 통째로 물속에 보시를 하고 싶지만, '양반은 물에 빠져 죽을 지경이라도 개헤엄은 안친다'고 소싯적부터 지엄한 양반의 법도를 배우고 익혀온지라, 감히 상것들의 흉내를 내서야 되겠는가 싶고, 또한 천상의 조상님들께도 예가 아닌지라 굴뚝같은 심정을 꾹꾹 누른다.

녹음빛 천지의 청정 숲속에 만생명의 요동이 만발하고, 시리도록 맑은 계곡수의 아름다운 옹알이가 그침이 없는 청수골의 상스러운 기운을 온몸 가득 받아지니고, 하늘 향해 욕심 없이 날리는 웃음소리가 더 넓은 배냇골 물살에 내려얹혀 흐르는 곳에서, 오늘 하루 청산 맑은 물 더불어 어우러진 나에게 허공을 스치는 바람이 시샘을 하고, 유월의 초여름 뙤약볕이 눈을 흘기며 서산을 넘더라.

이기대(二妓臺) 해안길을 돌며

4월!

자연은 말 그대로 스스로 그러한가 봅니다.

지난 계절이 머물던 삭막한 자리엔, 온통 화사한 꽃들의 잔치로 요란스럽기 그지없습니다.

색바랜 동백은 아직도 무슨 미련이 그리 많은지 가지 끝을 여전히 고집하지만, 사람들은 수줍게 피어난 소복의 백목련과 우아한 자목련, 여름 밤하늘 은하수 별 만큼이나 여린 가지에 앙증맞게 매달린 개나리, 사방지천에 화사한 꽃비를 뿌려대는 벚꽃들에 이미 시선을 넘기고 맙니다.

부산은 정말 사람 살기가 좋은 고장입니다.

군데군데 알맞게 솟아오른 산봉우리들이 울을 쳐 감싸고, 장장 칠백리를 달려온 낙동강이 김해벌을 사이로 흘러

넘치며, 널찍한 앞마당은 잔잔한 바닷물이 은빛날개를 드리운 가운데 사철 갯바람에 맑게 씻긴 도심 또한 서울등지하고는 비교도 되지 않습니다. 계절에 알맞은 날씨 때문인지 적지 않은 사람들의 배낭행렬이 이어지고, 이밥에 미섞이듯 간혹 낚시가방을 든 이들도 발걸음을 보탭니다.

출발지 동생말을 향해 발을 예놓습니다.

동생말은 무슨 뜻일까?

'말(末)'이란 꼬리를 뜻하는 '미(尾)'字이겠는데 동생은?

흔히 알고 있는 동생이란 말은 같은(同) 부모에서 난(生) 형제의 아우라 해서 동생(同生)이 되었지만 말입니다. 궁금했는데 표지간판에서 답을 찾았습니다.

동산미(東山尾) 즉, 〈산의 동쪽 끝자락〉이란 뜻이네요. 동생말의 어원이 동산미였던 것입니다.

참 작은 병이 아닙니다. 궁금하면 궁금한 대로 대충 넘어가도 될 일을 안 그래도 꽉 찬 머릿속을 자꾸자꾸 채워넣어 더더욱 무겁게만 하니…

그런 동생말의 전망대에 오르니 부산의 명물 광안대교가 빨랫줄을 치고 일망무제 남해의 푸른 바다가 봄하늘 발등을 핥고 있습니다.

부산이 좋은 이유가 여기에 또 있었습니다. 발은 산자락을 디뎠지만 눈은 바다를 떠나지 못하고, 산속은 온통 생명의 잔치가 펼쳐지는데 발밑의 바다는 은빛비늘로 가득합니다.

산길에서 들려오는 해조음을 듣기엔 내 귀가 너무 어둡지만, 그곳에서 나누는 그들만의 밀어들을 엿듣기엔 부족함이 없습니다. 그 속인들 내 마음과 어디 다를 리가 있겠습니까?

지금 걷고 있는 침목으로 만든 이 길, 이 길을 만든 이들의 노고가 가슴 깊은 곳으로 자꾸 밀고 들어옵니다.

오늘 이렇게 많은 이들이 온전히 편한 걸음을 옮길 수 있도록 하기 까지 그들이 흘렸을 땀과, 토해낸 한숨들이 길섶 어느 한 곳인들 서리서리 고이고 맺히지 않은 곳이 있을 것이며 더러는 또….

그래요, 그런가 봅니다. 항상 이쪽이 있으면 저쪽도 있기 마련이지요.

그렇지만 손바닥과 손등이 둘이 아니듯 우리는 너와 나로, 그들과 우리가 서로 다른 이들이 아님을 또한 잘 압니다.

산길을 더할수록 길은 갈래지고, 이어지고를 반복합니다.

윗길이 좀 더 편할까, 길을 달리하며 걷는 분도 있고, 비탈지고 굴곡진 길을 나처럼 마냥 우직하게 외길로만 고집하는 이들도 있습니다.

그러나 길은 결국에는 한 곳에서 만나게 되는 것이 우리네 인생길과 같습니다. 이렇게 곁눈질 좀 멈추고 앞만 보고 갈 수 있다면, 얼마나 좋을까마는 무슨 호기심이 그리도 많아 온갖 것에 간섭 다하며 사는 꼴이란…

까마득한 낭떠러지 절벽 끝에 삼단으로 아슬아슬하게 얹혀있는 농바위, 누가 일부러 저렇게 조작하기도 어려운 모습을 자연은 아무렇지도 않게 너무나 쉽게? 형성시켜 놓다니 참으로 기묘하여 탄복치 않을 수가 없습니다.

두어 시간 정도를 걸었을 무렵, 오륙도가 잡힐 듯한 산모퉁이 어스름한 곳에서 산을 되돌아 내려와 마지막 절경지 백련사로 듭니다.

깎아지른 절벽 위 좁은 절마당가에서 바다를 봅니다.

손바닥 만 한 낚싯배를 갈매기가 사공인양 앞장 서 납니다. 멀리 해운대와 오륙도를 오가는 유람선이 하얀 포말을 일으키며 미끄러집니다.

해거름이 가까워오는 즈음의 남해 바다 수평선은 어디가 바다이고, 어디까지가 하늘인지 분간키 어려운 지경입니다.

날이 더 맑게 개인 날이면 대마도가 지척으로 잡히겠지

만, 오늘은 이만큼만 내어보여주겠다며 손사래를 칩니다.

오늘 산과, 바다와, 하늘 그리고 나는 하나가 되어 만났습니다. 거기에는 또 산속의 이름 모를 야생초와 온갖 나무들, 드넓은 바다 위를 끼룩끼룩 날갯짓 하는 갈매기, 쉴 새 없는 반복으로 갯바위를 핥아대다 부서지는 파도의 함성도 함께 했습니다.

아~ 일장춘몽 같은 하루였습니다.

국민학교 교장 얼굴과,
촌 노인의 글과, 생각

강 길 환(아동문학가)

나의 친구 전원식(고향 삼가초등학교 동창)의 회사근처를 지나다가, 그 친구한테 잠깐 들렀는데, 글을 쓰는 친구가 가까운 곳에 또 있다는 말을 듣게 되었고, 그에 앞서서 또 다른 친구인 김희규에게서도 같은 말을 들었다.

그런 내가, 그 글쟁이 친구를 직접 찾아가서 인사를 나누고, 간혹 얼굴을 보게 된 것도 벌써 20여년이 지난 세월이 되었다.

이우환은 나와는 직접 동창은 아니지만 전원식 사장과, 김희규(전 울산대학교 병원 행정부원장)와는 삼가중학교 동창지간이다. 이우환은 여러모로 특별하고, 독특한 개성의 소유자이지만, 내가 그를 유독 주목하는 대목은 그의 한문 실력과 우리말과 글에 대한 애정 어린 자세이다. 특히 그의 역사인식과, 보학(譜學-genealogy)과, 우리 민속(民俗)에 대한 폭넓은 이해는 내가 그를 가까이할 수밖에 없는 인연이며, 그렇게 해서 우리는 만나게 된 것이다.

나는 군(軍)에 입대할 때까지, 일주일 이상 집밖을 나가본 적이 없는 전형적인 촌님이고, 평생을 책과 씨름한 것말고는, 반듯한 직장 한번 가져보지 못한 따라지 인생인데 반해, 이우환은 부산으로 유학하여 학교를 다녔으니그의 부모님의 교육에 대한 열의를 대강 짐작할 수 있는대목이다.

그런 '부르주아(bourgeois)'가 한뭉치의 초고(草稿)를 손에들고 나를 찾아왔을 때, 나는 당황하지도 않았지만 내가그에게 무슨 도움이 될 수 있을까? 라는 본질에는 매우 걱정이 되는 일이었다.

그러나 기꺼이 그 원고를 받아서 살펴볼 수밖에 없었는데, 내가 더욱 놀라지 않을 수가 없었던 것은, 우선 그의 예리한 내면의 눈과, 마음의 깊은 성찰, 그리고 또 그의 글 솜씨가 예사 사람이 아니라는 것을 대번에 알아차릴 수가 있었던 것이었다.

내가 처음 그를 만나서 차를 마시며 대화할 때, 그의 사무실 분위기와, 그의 얼굴은 어김없는 시골 촌구석의 국민학교 교장실에 앉아있는 노인이었다.

그렇게 이우환은 나와 친구가 되었지만 감히 나같은 것이 어찌 그런 선생과, 자리를 마주하며 술을 마시고, 잡담 따위의 세설(辭說)을 지껄일 수 있단 말인가?

그는 틀림없는 양반 그 자체였다. 내 아버지께서는 "선생의 그림자는 밟지도 않고, 쫓아가지도 말아야 한다"라고 말씀하시기까지 하셨다.

이우환은 그렇게 나에게 있어서는 조심스럽고, 신중히 대해야하는 마치 큰 형님 같은 친구인 것이다. 한 직장(천일고속)에서 평생을 봉직하다 퇴직한 그의 성실함과, 우직함에 어찌 그런 선비 같은 내면의 정신세계가 깃들어 있었는지? 참으로 불가해(不可解)한 인물이 아닐 수 없다. 그의 글 "딸의 결혼전야에 쓰는 신신당부서"는 저 조선시대 이광사

(1705~1777)의 '사랑하는 딸에게 쓰는 편지'와 맥을 같이하는 명문(名文)임에 틀림이 없다.

그런 이우환이 이번에 펴내는 그의 첫 문집에, 내가 보탤 수 있었던 도움이라는 것이 원고를 살펴보고, 고작 교정작 업(矯正作業)을 거들었을 뿐, 오히려 그의 글은 나보다 훨씬 질이 높고, 문학성이 깊은 것이었다. 그런 그가 문학인 단 체에 한번도 얼씬거리지 않고, 등단(登壇)같은 데에 눈길 한 번 기울이지 않은 것은 참으로 다행하고, 지극히 그 다운 행실이었다.

이번에 내가 그의 글(산행기)을 세 번이나 거푸 읽을 수 있 었던 것도, 나에게는 너무나 뜻밖의 공부가 된 것이었다. 그렇게 함으로써 학구적인 학자였던 이기영(1922~1996. 전 동 국대 불교대학장) 교수와, 작가 정비석(1911~1991) 선생을 떠올린 것도, 이우환은 그런 학자이며, 작가로서 조금도 부족함이 없는 사람이라는 사실을 내가 새삼 알게 되었다는 것이다.

너무나도 오염된 이 사회 전반에서, 사람 같은 인간을 찾 아보기 어려운 작금(昨今)에서, 나는 이우환을 만나 친구의

연을 맺은 것은 크나큰 행운이고, 강복(降福)으로 알고 있다. 그의 아들은 또 그 아들답게, 반듯하게 성장하여 성형외과 병원을 개업한 전문의이며, 친구의 내,외가 현재 부산에서 편의점을 착실하게 운영하며 여생을 다독이는 그의 직업관을 보면서, 나는 또 저 유명한 일본의 여류작가 '미우라 아야꼬(1922~1999:소설 『빙점』 작가)'를 생각해 보았다. 지극히 그다운 모습이 아닐 수 없다.

이제는 참으로 만나기 어려운, 예전의 우리가 하늘처럼 우러러보았던 우리 모교 삼가국민학교 교장 강오범 선생님 얼굴 같은 순박한 사람 이우환, 그런 친구... 이 시대의 마지막 선비, 마지막 선생-그 친구의 생애 첫 문집발간에 내가 두 손으로 거들었다는 사실이 나는 너무나 즐겁고, 기쁘고, 또한 자랑스럽다.

2023. 7. 22.

무더운 장마철에

부산 명장동 우거 돈혜헌(鳴藏洞 寓居 潡惠軒)에서

새 소리 들으며 강길환(姜吉桓) 쓰다.

덧붙이는 글

무풍(無風-이우환의 필명), 그를 보고 있노라면 한적한 시골 논두렁길을 걷다가 조우(遭遇)하는 하얀 두루마기에 갓을 쓴 중년 아저씨 같은 느낌을 준다.

뒷짐을 지고 있는 그의 손에는 곰방대가 쥐어져 있고, 팔자걸음의 안단테 스텝에 맞춰 그의 입에서 시(詩) 한 수가 흥얼흥얼 흘러나오는 모습이 연상되는 그런 류(類)의 모습이다.

그는 언제나 바쁠 것도 없고, 매사(每事)에 부족한 것도 없어 보이는 늘 여유롭고 한결같이 넉넉한 마음의 소유자이다.

그러면서 궂은 세파에 흔들리지 않는 꿋꿋하고 엄정한 사고(思考)와 그에 기인하여 행동하는 그에게서 현 시대의 선비정신을 느끼게 한다.

늘 서책을 가까이 해서 그런지 그의 몸에서는 문향(文香)이 풀풀 나곤 했는데 그런 그가 문집을 발간한다.

문여기인(文如其人), 즉 '글은 바로 그 사람과 같다'고 했다.

그의 정신과 사고를 풀어 엮은 언어와 문장은 동시대를 동행하는 우리에게 깊은 공감과 정서적 안정감을 줄 것이라 믿어 의심치 않는다. 그의 문집 발간을 진심으로 축하드린다.

2023. 백로(白露) 즈음에
향촌고우(鄕村故友) 김희규

사랑이 머무는 자리

초판1쇄 발행 2023년 10월 5일

지 은 이 이우환
펴 낸 이 이길안
펴 낸 곳 세종출판사

주소 부산광역시 중구 흑교로 71번길 12 (보수동2가)
전화 051 − 463 − 5898, 253 − 2213~5
팩스 051 − 248 − 4880
전자우편 sjpl5898@daum.net
출판등록 제02-01-96

ISBN 979-11-5979-627-2 03810

정가 15,000원